Das Austin Inferno

Udo Franzmann

Das Austin Inferno

Kriminalroman

Bibliografische Information der Deutschen Nationalbibliothek:
Die Deutsche Nationalbibliothek verzeichnet diese Publikation in der Deutschen Nationalbibliografie; detaillierte bibliografische Daten sind im Internet über http://dnb.dnb.de abrufbar.

© 2023 Udo Franzmann

Lektorin: Dr. Katja Jensen

Herstellung und Verlag: BoD – Books on Demand, Norderstedt

ISBN: 978-3-7519-07453

* Inspiriert von dem Fall: Charles Whitman, Austin 1966

A man´s gotta do what a man´s gotta do

-John Wayne-

I.

Er schlug ihr mit der Faust ins Gesicht. Einfach so, ohne sich etwas dabei gedacht zu haben. Darin war er geübt. Es war nicht das erste Mal.

Vielleicht hatte sie das Geschirr nicht ordentlich abgewaschen, die Fenster nicht geputzt oder sie stand einfach nur im Weg herum – irgendeinen Grund fand er immer.

Sie taumelte zu Boden und hielt sich das Auge. Volltreffer! Sie würde die nächsten Tage das Haus nicht verlassen können, bis die Schwellungen wieder abgeklungen waren. Reine Routine. Nichts Neues für sie.

Nur einmal war sie zu früh zum Einkaufen gegangen und hatte dabei prompt Nancy Willis, die Nachbarin von Gegenüber getroffen und sich schnell die Geschichte von dem Koffer ausgedacht, der ihr beim Staubwischen auf dem Schrank unerwartet heruntergerutscht sei und mit der scharfen Kante ihr Auge getroffen hätte.

„Schlimme Sache!", bedauerte sie ihre Nachbarin.

„Ja, schlimme Sache!", wiederholte Margret betroffen. „Beim Hausputz passieren die meisten Unfälle."

„Das habe ich auch in der Zeitung gelesen."

Er packte sie am Arm und zog sie brutal nach oben. Sie wankte wie ein Schiff bei schwerem Sturm. Ihr war schwindelig. Blut lief von ihrem Auge langsam die Wange herunter und tropfte auf das neue, weiße Kleid, dass sie sich mühsam vom Haushaltsgeld abgespart hatte und dass sie am Sonntag für den Kirchgang anziehen wollte.

Er starrte sie wutentbrannt an. Sie hatte vergessen die Zeitung ins Haus zu holen und ihm auf den Schreibtisch zu legen. So wie jeden Tag. Was sollten die Nachbarn jetzt denken? Das sie bis mittags schläft und sich nicht um ihre Familie kümmert? Ihren Mann vernachlässigt, der sich jeden Tag dafür abschuftet, dass seine Familie den amerikanischen Traum leben kann? In einem komfortablen Einfamilienhaus in den *West Lake Hills*, nahe einem großen Wald am Stadtrand von Austin, Texas.

Mit protzigem Garten, Pool, Doppelgarage, der mondänen *Stars and Stripes* Flagge im Vorgarten und einem Rasen, der jeden Greenkeeper in Wimbledon neidisch gemacht hätte.

In einem Stadtteil mit nur wenigen Einbrüchen, Vergewaltigungen oder Raubdelikten. Einer Kriminalitätsrate, die so niedrig war, dass die Gegend zu den sichersten im ganzen Land gehörte.

Von nichts kommt nichts! Das wusste sie. Eine liegengelassene Zeitung in der Hauseinfahrt war eine Einladung für jeden Einbrecher. Vermittelte die unbeachtete Postille des Wissens doch den Eindruck, die Hausbewohner seien nicht zu Hause. Zumindest, wenn sie nach 7 Uhr morgens noch herrenlos in der Einfahrt lag.

Er fasste sie am Hals und schubste sie brutal ins Badezimmer, schmiss die Tür zu – kam wieder herausgestürmt, drehte das Radio auf volle Lautstärke und verschwand erneut im Bad.

Charles hörte seine Mutter trotzdem wimmern, zu Kreuze kriechen, bevor ihm das Aufklatschen von Handflächen auf ihre Wangen deutlich zu Ohren kam und er betroffen zusammenzuckte.

So machte es sein Vater eigentlich immer, um möglichst wenig Spuren zu hinterlassen. Nur wenige Male hatte er die Beherrschung komplett verloren und derart hemmungslos auf seine Frau eingeprügelt, dass sie sich zwei Wochen nicht aus dem Haus traute.

Einmal musste sie sogar ins *Dell Seton Medical Center* gebracht werden, wo die Ärzte bei ihr zwei gebrochene Rippen, einen Jochbeinbruch und schwere Prellungen diagnostizierten.

Verursacht durch einen brutalen Raubüberfall afroamerikanischer Jugendlicher, nicht weit vom Haus entfernt und am helllichten Tag verübt. So die Aussage ihres Mannes bei der Polizei. Bestätigt von seiner malträtierten Frau in der Notaufnahme der Klinik.

„Nicht einmal in *Lake Hills* ist man vor den Schwarzen sicher! Überall treiben sie ihr Unwesen und schrecken auch nicht mehr davor zurück, selbst in gutsituierte Gegenden einzudringen und unbescholtene Bürger, sogar wehrlose Frauen, zu attackieren und auszurauben. Ich erwarte für meine Steuergelder den Schutz meiner Familie vor diesem kriminellen Gesindel! Sonst sehe ich mich dazu gezwungen, mit der Nachbarschaft eine Bürgerwehr zu bilden, um uns selber zu verteidigen", drohte er Paul Atkin, dem Sheriff von West Lake Hills.

Und der sicherte Adolphus Brown zu, alles in seiner Macht Stehende zu tun, um die Täter zu ermitteln,

festzunehmen und der gerechten Bestrafung zuzufüh-
ren. Schließlich wollte er in wenigen Wochen wiederge-
wählt werden.

Adolphus stürmte aus dem Badezimmer, schaltete
das Radio aus, den Fernseher ein, setzte sich erschöpft
auf das Sofa, zündete sich eine Chesterfield Zigarette an
und blies den Rauch genüsslich in Kringeln wieder aus.

Die Nachrichten berichteten über immer brutaler
werdende Rassenkonflikte, Proteste gegen den Korea
Krieg, ein neues Gesetz, das aktive Gegner des Krieges
mit hohen Geld- und Haftstrafen von bis zu zwanzig
Jahren bedrohte und der zurückliegenden Wahl von
Dwight D. Eisenhower zum 34. Präsidenten der Vereinigten Staaten.

„Gott sei Dank, gibt es noch ein paar aufrechte Patri-
oten in diesem Land, die nicht einfach dabei zusehen,
wie alles vor die Hunde geht und immer mehr von den
Bolschewisten infiltriert wird, sondern sich gegen Kom-
munistenfreunde und Spione wie diesen Robert Op-
penheimer, mutig zur Wehr setzen."

Es klingelte.

Nancy Willis stand vor der Tür und wollte Margret
sprechen.

Adolphus schüttelte beklommen den Kopf.

„Raubüberfall – drei Schwarze mit Baseball-Schlägern bewaffnet – am helllichten Tag am Redbud Trail –
brutale Schläge ins Gesicht – zwanzig Dollar gestohlen."

Nancy hielt sich vor Schreck die Hände vor den
Mund.

„Das ist ja furchtbar! Das zweite Mal innerhalb weniger Monate."

Adolphus zuckte resigniert die Schultern.

„Jetzt sind wir nicht einmal mehr in einer weißen Gegend sicher. Sie breiten sich aus wie ein Krebsgeschwür. Zustände wie in der Bronx oder East-LA. Aber ich werde meine Familie vor diesen Berserkern zu schützen wissen."

Er zeigte auf eine abgesägte Schrotflinte, die griffbereit an der Wand neben der Tür gelehnt war und hob drohend den Zeigefinger.

„Nicht mit Adolphus Brown! Ich glaube an die Werteordnung dieses Landes. An die Freiheit des Einzelnen, an den Erfolg, den man sich hart erarbeiten muss und die Chancengleichheit…vorausgesetzt, man gliedert sich in unsere Gesellschaft ein und ist auch arbeitswillig!"

„Bestell Margret viele Grüße und gute Besserung von mir. Kommt sie trotzdem am Sonntag mit in die Kirche?"

Er schüttelte den Kopf. „Das ist noch zu früh. Sie wird ein paar Tage brauchen, um das Erlebte zu verarbeiten. Sie ist regelrecht traumatisiert!"

Nancy winkte ihm noch kurz zu, als sie sich wieder auf den Rückweg machte.

„Schulterblick!", rief er ihr hinterher. „Du musst nach hinten schauen. Sie kommen, ohne dass Du sie siehst. Einfach aus dem Nichts!"

Sie hob kurz den Daumen, ohne sich noch einmal umgedreht zu haben.

Die Badezimmertür öffnete sich zaghaft und Margret stand vor ihm. Blaugrünes Auge, geschwollenes Gesicht, verkrustetes Blut unter der Nase, blaue Flecken auf den Oberarmen, mit Blut bespritztes Kleid.

„Das Kleid musst Du waschen!"

„Ich weiß", schluchzte sie leise.

„Was musst Du auch vergessen die Zeitung reinzuholen? Was sollen die Nachbarn von uns denken?"

„Ich weiß", wiederholte sie schuldbewusst. „Es wird nicht noch einmal vorkommen, Adolphus."

„Das will ich auch hoffen! Oder glaubst Du vielleicht, es macht mir Freude Dich zu bestrafen?"

Sie stand wortlos vor ihm und kühlte sich mit einem nassen Waschlappen die angeschwollene Augenbraue.

Er beachtete sie nicht weiter, holte sich ein Bier aus dem Kühlschrank und stellte den Fernseher lauter.

Es lief eine Reportage über einen Prozess in Südafrika wegen kommunistisch eingestufter Aktivitäten gegen mehrere ANC-Mitglieder, darunter einen jungen Anwalt, namens Nelson Mandela.

„Warum denn nur Verbannung? Warum nicht gleich die Todesstrafe? Mit den Kommunisten zu paktieren ist das Schlimmste, was man seinem Vaterland antun kann. Das muss eine Regierung mit allen zur Verfügung stehenden Mitteln bekämpfen." Er winkte verächtlich ab. „Südafrika ist auch nicht mehr das, wofür es einmal stand und bewundert wurde."

Das Brot vom Korn.
Das Korn vom Licht.
Das Licht aus Gottes Angesicht.
Amen!

Margret hatte das Tischgebet gesprochen. Wie jeden Abend vor der Mahlzeit. Sie liebte es, wenn sich die kleine Familie für einen kurzen Augenblick die Hände reichte und so der Anschein von Zusammenhalt entstand, den sie sich so wünschte, der aber meilenweit entfernt war. Sie wusste das. Und trotzdem gab sie die Hoffnung nicht auf, dass sich in Zukunft etwas ändern könnte. Das der liebe Gott ihr dabei helfen würde. Dafür ging sie jeden Sonntag in die Kirche und betete – still und leise, ohne dass man ihre Gedanken lesen konnte und die Fassade der vorbildlichen amerikanischen Familie in Gefahr war. Voller Überzeugung und Inbrunst.

„Wie hieß der 15. Präsident der Vereinigten Staaten, Charles?", fragte Adolphus seinen Sohn.

„James Buchanan."

„Parteizugehörigkeit?"

„Demokrat."

Adolphus legte das Besteck zur Seite, wischte sich den Mund mit der Stoffserviette ab und überlegte kurz.

„Das war zu einfach. Das weiß jedes Kind." Er schaute angestrengt an die Decke und grübelte.

„Wer war der 19. Präsident?"

„Rutherford B. Hayes."

„Partei?"

„Demokrat."

„Bist Du sicher?"

Charles schaute irritiert. Er war sich nicht sicher. Wie so oft, wenn sein Vater das Abendessen in eine Fragestunde umwidmete und so lange nachbohrte, bis er die Antwort zu guter Letzt schuldig bleiben musste.

Er war schließlich erst zwölf Jahre alt.

„Bist Du sicher?", wiederholte sein Vater ungeduldig die Frage.

Charles musste sich entscheiden. Immerhin standen die Chancen auf die richtige Antwort bei nahezu fifty-fifty. Er nahm allen Mut zusammen und antwortete beherzt: „Natürlich! Rutherford war Demokrat!"

Im nächsten Augenblick setzte es eine krachende Ohrfeige. Er hatte sie nicht einmal kommen sehen, so schnell ging alles. Trotz des fortgeschrittenen Alters seines Vaters von mittlerweile dreiundvierzig Jahren.

„Rutherford war lupenreiner Republikaner! Das muss man doch wissen als guter Amerikaner. Was lernt ihr eigentlich in der Schule?"

„Er ist doch gerade einmal in der Junior High School. Da lernen sie so etwas noch nicht", mischte sich Margret empört ein.

Aber er beachtete den Einwand seiner Frau nicht.

„In Deinem Alter kannte ich nicht nur alle Präsidenten und deren Parteizugehörigkeit, sondern auch ihre Regierungszeit, Konfession und die Vizepräsidenten!"

Adolphus Brown war ein außergewöhnlicher Mann. Ohne Eltern in einem Waisenhaus in Savannah (Georgia) aufgewachsen, verließ er schon mit fünfzehn Jahren die Schule und begann eine Ausbildung zum

Büchsenmacher, die er als Jahrgangsbester abschloss. Drei Jahre später zog er nach Austin, eröffnete ein Geschäft für Feuerwaffen und nannte es *Adolphus Firearm Center & More.*

Das Business lief wie geschmiert. Jeder in Texas besaß mindestens eine Handfeuerwaffe, die meisten außerdem Gewehre mit entsprechendem Zubehör, einige auch hochwertige Armbrüste.

Die Waffengesetze waren lax, die Waffenlobby bienenfleißig und die Kriminalitätsrate stieg von Jahr zu Jahr beständig an. Der ideale Nährboden für seinen Handel. Nach nur einem Jahr machte er ein weiteres Geschäft an der *Walter Street* auf und verdiente sich damit eine goldene Nase.

Er lernte Margret kennen, verliebte sich in die 17-jährige Schönheit aus der High School, die er drei Monate später zu seiner Frau machte, schwängerte und dazu bestimmte, ihm bei seinen prosperierenden Geschäften den Rücken freizuhalten.

„Ich glaube, es ist an der Zeit, dass ich mich mehr um Deine Erziehung kümmere. Sonst wirst Du womöglich noch so ein verweichlichter Demokrat wie dieser Senator aus Massachusetts...dieser John Fitzgerald Kennedy." Er lachte höhnisch. „Dann hätten wir als Eltern komplett versagt! Stimmts, Margret?"

Sie nickte verhalten und aß apathisch weiter. Aber das Brot blieb ihr im Hals stecken. Sie ahnte, was er damit meinte.

Charles Brown lebte nicht das Leben eines zwölfjährigen Teenagers im Land der unbegrenzten Möglichkeiten. Aber er hatte auch nicht das Leben eines Zehn- oder Neunjährigen gelebt, nicht einmal das eines Fünfjährigen.

Denn ab diesem Zeitpunkt setzte sein Erinnerungsvermögen ein. Solange er zurückblicken konnte, war er in einem goldenen Käfig der Fremdbestimmung seines Vaters gefangen, ohne jede Möglichkeit und Perspektive seinem Alter entsprechende Freiheiten zu bekommen. Cricket, Baseball, Football, Cowboy- und Indianerspiele; selbst die in seinem Alter beliebte Fernsehsendung *Bonanza*, kannte er nur von den Erzählungen seiner Mitschüler.

Es blieb ihm fremd.

Ausgelöst durch den krankhaften Autoritarismus seines Vaters und der grenzenlosen Bigotterie seiner Mutter. Zermahlen zwischen Gewalt und Gottesfurcht, Kadavergehorsam und dem unerschütterlichen Glauben seiner Mutter an eine irreale Welt, die sie ihm täglich vorlebte.

Sie war es auch, die ihn bei jeder sich bietenden Gelegenheit in den Gottesdienst mitschleppte – in die *Saint Mary Catholic Cathedral* im Zentrum der Stadt. Einem neugotischen Bau aus Kalkstein, in dem sich nie etwas änderte. Alles gleich blieb. Für immer und ewig dieselbe Temperatur zu herrschen schien, egal ob Januar oder Juli, ob es draußen regnete oder die Sonne lachte. Immer derselbe modrige Geruch, dieselben hallenden Geräusche der hochhackigen Schuhe von gottesfürchtigen Frauen, die für eine Stunde ihrem Alltag entfliehen wollten. Sogar derselbe Klang beim Räuspern, singen oder der Predigt.

Ein Ort der Verlässlichkeit und Standhaftigkeit!

Wenn er durch das riesige Holzportal ging, trat er in eine Fantasiewelt ein.

Das Innere der Kathedrale erinnerte ihn während der Messe an ein Boot voller Fische, die der Apostel gefangen hatte, nachdem er den Befehl des auferstandenen Herrn erhielt die Netze ins Wasser zu legen.

Die Spitzbögen der Türen und Fenster symbolisierten für ihn hohe Berge und die mit Sternen übersäte, blaue Kuppel spiegelte für ihn den unendlichen Himmel wider.

Aber über allem thronte die pompöse Jesusfigur, die Charles magisch anzog und die er minutenlang bestaunen konnte, ohne das ihm langweilig wurde. Wie der Messias mit der Dornkrone auf dem Kopf und den durch Nägel durchbohrten Händen und Füßen tot am Kreuz hing, die Augen friedlich geschlossen, einen Lanzenstich auf der rechten Körperseite, aus dem imaginäres Blut ausgetreten war.

Ein Vorbild für Charles. Denn Jesus hatte sich geopfert, um die Menschheit von allen Sünden zu erlösen und wieder mit Gott zu versöhnen.

Seine Mutter war mehrmals in der Woche in der heiligen Messe, sein Vater kein einziges Mal.

Adolphus glaubte weder an Gott noch an eine göttliche Eingebung oder ähnliches. Er glaubte einzig und allein an sich selber, an seine uneingeschränkte

Entscheidungsgewalt und dass ihn nur eine lückenlose Kontrolle vor bösen Überraschungen bewahren könnte.

Trotzdem ließ er es zu, dass sein Sohn schon in jungen Jahren Ministrant werden durfte.

Charles verstand sich gut mit Priester Saymon, einem in die Jahre gekommenen älteren Herrn, mit grau melierten Haaren, der ständig aufstoßen musste und fürchterlich aus dem Mund stank. Aber der Priester nahm sich Zeit für seinen Schützling, lud ihn manchmal noch auf eine Limonade in sein Büro ein, zog ihm dann die Hose aus, befummelte ihn und stöhnte dabei wie ein brunftiger Hirsch, bevor er ihm zum Schluss liebevoll über die Haare streichelte, wie man einem gelehrsamen Jack Russell nach erfolgreichem Apportieren über das Fell streichelt. Anschließend hielt er seinen gestreckten Zeigefinger pathetisch vor den Mund als Zeichen dafür, dieses Mysterium niemand anderem preiszugeben – es sollte die Triade zwischen Priester, Ministranten und Gotteshaus nicht verlassen!

Und das tat es auch viele Monate nicht.

Aber Charles beobachtete immer öfter, dass er nicht der Einzige blieb, mit dem der Priester dieses Geheimnis teilte. Bald wurde aus der Triade ein Quartett, Quintett, Sextett…mit Noah, Michael und Jacob. Alle älter als Charles, größer, stärker und aus gutem Haus.

Aber die Ministranten redeten untereinander nicht darüber. Sie gingen sich lieber aus dem Weg. Nur einmal trafen sich ihre beschämten Blicke, als während der Weihnachtsmesse das Lied: *Ihr Kinderlein kommet* gesungen wurde, die Stimme des Priesters von allen anderen deutlich herausragte und ein zufriedenes Grinsen auf seinem Gesicht zu erkennen war.

Charles fühlte sich von dem Diener Gottes hinters Licht geführt.

Von seinem Vater wusste er, dass man so etwas Geheimnisverrat nannte und von seinem Vater wusste er auch, dass es sich dabei um ein abscheuliches Verbrechen handelte, dass eigentlich mit dem Tod, zumindest aber mit gnadenloser Härte zu bestrafen war.

Darüber konnte es keine zwei Meinungen geben.

Als ihn der Priester nach dem Ministranten Unterricht noch einmal zu sich ins Büro rief, war Charles fest dazu entschlossen, dem Verräter die gerechte Strafe zuteil werden zu lassen.

Saymon saß auf seinem Schreibtischstuhl – Charles stand direkt vor ihm, leicht zitternd und aufgeregt, als der Priester ihm den Reißverschluss der Hose langsam öffnete, gierig in den Eingriff fasste und ihn dabei grinsend anstarrte.

Ein dumpfer Knall, ein Krachen von Knochen – ein lauter Aufschrei! Der schwere, gläserne Briefbeschwerer hatte dem Gottesmann die Nase zertrümmert. Überall Blut; auf dem Gesicht von Charles, seinem Hemd, dem Schreibtisch und an den Wänden.

Saymon hielt sich erschrocken die Hände vor sein Gesicht, stöhnte, schnappte nach Luft, torkelte zum Waschbecken, wusch sein Gesicht - das abfließende Wasser färbte sich dunkelrot, während es als stummer Zeuge den Weg in den Abfluss fand.

Er starrte seinen Ministranten entsetzt an, schüttelte ungläubig den Kopf und ließ sich zermürbt in einen Ledersessel fallen.

„Du undankbares Geschöpf des Satans", nuschelte er, während er vergeblich versuchte die Blutung mit einem Handtuch zum Stillstand zu bringen. Seine Nase stand schief, war angeschwollen, die Haut gerissen und seine Augen verquollen wie die eines Boxers nach einem harten Kampf.

Er deutete wütend mit der Hand zur Tür.

„Fahr zur Hölle! Lass Dich hier nie wieder blicken!"

Charles zog seine Hose langsam hoch, während er Saymon weiter beobachtete. Er hatte kein Mitleid mit ihm. Im Gegenteil! Er verspürte Genugtuung. Ein Gefühl von Freiheit, wie er es vorher nicht kannte. Der Verräter hatte seine gerechte Strafe bekommen – nicht mehr und nicht weniger.

Er ging zum Waschbecken, seifte sich Gesicht und Hände ab und versuchte vergeblich, die Blutspritzer auf seinem Hemd und der Hose zu entfernen – er verschmierte sie nur.

Dann grinste er den Priester noch kurz an und verließ zufrieden das Büro.

Zu Hause erzählte er seinen Eltern von den Machenschaften des Schwarzrockes.

Aber seine Mutter glaubte ihm nicht – oder wollte ihm nicht glauben.

„Hast Du Dich mit einem der Jungs geprügelt? Um ein Mädchen? Das kannst Du uns ruhig sagen. Das ist völlig normal in Deinem Alter. Da brauchst Du Dir keine Märchen von einem Priester auszudenken, die Dir sowieso keiner glaubt. Und selbst wenn da etwas gewesen sein sollte, bist Du selber schuld. Du hast ihn bestimmt provoziert", sagte sie trotzig.

„Gibt es dort auch schwarze Ministranten?", mischte sich Adolphus neugierig ein.

„Nur Louis aus der Nachbarschaft."

„Und Hispanics?"

„Rodriguez und Carlos."

Adolphus lief rot an, schüttelte argwöhnisch den Kopf, zog seine Frau an den Haaren und brüllte sie wutentbrannt an.

„Da schickst Du unseren Sohn hin? Zu diesem Gesindel! Da wundert mich nichts mehr. Ein Geistlicher, der sich an Jungen vergeht. Das ist ekelhaft, der gehört erschossen!"

Er ließ von ihr ab, beruhigte sich und sagte zu Charles: „Ich werde Dich morgen bei den Pfadfindern in *Lost Creek* anmelden. Da gibt es weder Schwarze noch Hispanics und schon gar keinen pädophilen Pfaffen, der an kleinen Jungen rumfummelt. Den würden sie lebendig häuten und an die Kojoten verfüttern."

Er lachte hämisch und legte seinem Sohn fürsorglich eine Hand auf die Schulter.

„Da machen sie aus Dir einen richtigen Mann, der sich zu wehren weiß und es nicht bei einer gebrochenen Nase belässt, wenn er begrapscht wird."

Er zündete sich eine Chesterfield Zigarette an, trank einen Schluck Budweiser und rieb sich erwartungsvoll die Hände.

„Kommen wir jetzt zu etwas anderem! Wer war der 15. Präsident der Vereinigten Staaten?"

„James Buchanan", kam es, wie aus der Pistole geschossen.

„Partei? Amtszeit?"

„Demokrat. Von 1857 bis 1861."

„Hauptstadt von Minnesota?"

„Saint Paul."

„Von Nebraska?"

„Lincoln."

Er klopfte seinem Sohn anerkennend auf die Schulter. Einer der wenigen Augenblicke, an die sich Charles erinnern konnte, in denen der Patriarch mit dem Junior zufrieden zu sein schien.

„Komm, wir gehen noch eine Runde schießen!"

Adolphus Brown übte mit Charles seit dem fünften Lebensjahr jeden Tag das Schießen. Mit Revolver oder Pistole, Einzelladerbüchse, Sturm- oder Scharfschützengewehr. Auf bewegliche Ziele oder auf Scheiben. Die Auswahl an Schusswaffen war gigantisch. Der Waffennarr besaß mehr als einhundert davon in seinem Privatbesitz. Alle in einem separaten Raum im Keller verwahrt - inspiziert, gereinigt, geölt und jederzeit einsatzbereit.

Sie trainierten auf einer kleinen Anlage hinter dem Haus oder gingen in den benachbarten Wald, manchmal auch an einen See, wo es genügend lebendiges Kleingetier gab. Gürteltiere, Dachse, Schwarzbauch-Pfeifenten, Opossums und hin und wieder eine Texas-

Klapperschlange, wenn sie sich durch ihren rasselnden Warnlaut verraten hatte.

Dann durfte sich Charles dem Reptil bis auf zwanzig Yards nähern. Er schoss ihr am liebsten zuerst auf die Schwanzrassel. Die Klapperschlange wurde kurz hochgeschleudert, das Gerassel war verstummt. Aber sie lebte noch und war mindestens genauso gefährlich wie vorher. Er musste sie ständig im Auge behalten, denn sie war hervorragend getarnt und ohne ihre typischen Warnlaute kaum auszumachen. Den zweiten Schuss setzte er meistens auf die Mitte des Körpers. Abermals wurde die Schlange durch die Wucht des Geschosses heftig hochgeschleudert und landete dumpf auf dem Boden. Die meisten Vipern waren anschließend tot. Die wenigen Überlebenden versuchten noch zu fliehen, waren aber zu langsam. Charles genoss es, sie durch einen gezielten Schuss in den Kopf von ihrem Leid zu befreien und das Lob seines Vaters für seine Schießkünste zu bekommen. Eine seltene Gelegenheit für ihn.

Er hatte auch schon an einem Schießwettbewerb in der Stadt teilgenommen und in seiner Altersklasse den 1. Preis gewonnen. Sein Vater hatte ihm daraufhin versprochen, im kommenden Jahr an der *Texas Fire Gun Competition* in Dallas teilnehmen zu dürfen, sollte er es schaffen fünfmal hintereinander seine Wissensfragen richtig zu beantworten.

Eine Zusage, von der sich Charles nicht sicher war, ob sie sein Vater jemals einhalten würde.

Am liebsten aber jagte er Grauhörnchen, die zu Dutzenden im Vorgarten ihr Unwesen trieben. Dann saß er auf einem Schaukelstuhl auf der Veranda, wippte gelassen hin und her, das Gewehr auf dem Schoß, ein Kaugummi im Mund - genauso, wie er es in einem alten Western mit John Wayne gesehen hatte. Das gefiel ihm. Das war cool.

Und wenn Lizzy, die nervige Tochter von den Nachbarn, ihn fragte, warum er diese niedlichen Nager einfach totschießt, antwortete er gelassen mit den weisen Worten von John Wayne: „Ein Mann muss tun, was ein Mann tun muss."

Anschließend legte er an und knallte ein paar der Tiere unter dem hysterischen Gekreische von Lizzy ab, sammelte die Kadaver ein und brachte sie zu John Etkon, der daraus ein hervorragendes Ragout kochte und als *Special of the Day,* für 1,95 Dollar auf die Speisekarte seines Lokals setzte.

Charles hätte daraus ein gut gehendes Business machen können, denn schon am nächsten Tag liefen wieder genauso viele Grauhörnchen im Vorgarten herum – ein sicheres Zeichen für ihn, dass es den Nagern an Intelligenz fehlte, sie Ignoranten waren oder ihre Kommunikation nicht funktionierte.

Selber schuld! Dumm geboren – nichts dazugelernt – dumm gestorben. Nicht schade drum! Peng!

Ab und zu erhielt er von Etkon den Auftrag, ihm für sein Lokal ein paar Pfeifenten zu schießen; vorzugsweise junge Tiere mit einem Gewicht von etwa einem Pound und nach Möglichkeit Erpel, von denen der Koch davon überzeugt war, dass ihr Fleisch wegen der Androgene aromatischer schmeckte.

Dann schlich er sich wie ein Indianer an den großen Tümpel im Wald, legte sich auf die Lauer, wartete ab und hörte dem ruffreudigen Federvieh zu.

Krr krkrr – Waa-Choo!

Er zielte am liebsten auf die hellbeige Blässe am rotbraunen Kopf. Ein kleines, bewegliches Ziel. Eine Herausforderung, selbst für einen so guten Schützen wie ihn.

Sobald er sein Opfer durch das Zielfernrohr des Gewehres anvisierte, war er die Ruhe selber. Sein Herzschlag verlangsamte sich auf ein Minimum, er atmete ruhig und gleichmäßig, war hochkonzentriert. Nichts und niemand konnte ihn in diesem Augenblick ablenken. Eine gottgegebene Eigenschaft, die man nicht erlernen konnte.

In diesem Augenblick war er der alleinige Entscheider über Leben und Tod der Geschöpfe Gottes, keiner konnte ihm reinreden, nicht einmal Adolphus. Ein gutes Gefühl.

Klick! Bumm!!!

Ein hoher, peitschenartiger Knall hallte durch den Wald. Ein heftiger Rückstoß des Gewehrs auf seine rechte Schulter, vielleicht ein paar blaue Flecken. Die Enten waren aufgescheucht, versuchten sich verzweifelt in die Lüfte zu erheben.

Waa-Choo!

Eine Pfeifente blieb regungslos im Sand am Tümpel liegen. Er vergewisserte sich. Sauberer Treffer, mitten durch den Kopf, vielleicht sogar genau zwischen die Augen. Aber das ließ sich nicht mehr feststellen, weil der größte Teil des Kopfes weggerissen war und der unansehnliche Rest nur noch in Fetzen herunterhing. Vielleicht sollte er zukünftig ein kleineres Kaliber benutzen.

Er freute sich. Prachtexemplar! Ein Erpel mit unbeschädigtem Torso. Dafür würde ihm Etkon mindestens einen Dollar zahlen.

Er fühlte sich stolz, geradezu euphorisch, selbstbestätigt!

In der Schule hatte Charles keine Probleme. Er war ein unauffälliger Pennäler, der sich weder positiv noch negativ hervortat. Manchmal spielte er den Clown, um den Mädchen in seiner Klasse zu imponieren – ohne Erfolg!

Seine Klassenlehrerin war der Ansicht, dass er sein Potential bei weitem nicht ausnutzte. Und Potenzial hatte er mehr als reichlich!

Bei seiner Einschulung hatte das Schulamt bei ihm einen IQ von 140 gemessen – er war hochbegabt und gehörte damit zu den wenigen Menschen, die diese intellektuelle Begabung besaßen. Aber er wollte keine Aufmerksamkeit auf sich ziehen. War freundlich, hilfsbereit und ließ seine Mitschüler bei sich abschreiben.

Mit zwölf Jahren verliebte er sich in Hellen, die Tochter des örtlichen Sheriffs, die ihn mit ihren langen, roten Haaren, dem Schmollmund und ihren sexy Sommersprossen tief beeindruckte.

Ab und zu besuchte er sie zu Hause, sie übten Mathematik oder tobten im Garten. Sie musizierte für ihn auf einer alten Violine, die sie von ihrer verstorbenen Mutter geerbt hatte und die sie über alles liebte und pflegte. Der melancholische und rauchige Klang des Chordophons ließen ihn innehalten, eine Gänsehaut bekommen, für einen kurzen Augenblick der Wirklichkeit entrücken und in eine imaginäre Traumwelt entschweben.

Mit ihrem Vater diskutierte er über Waffen, die Jagd und die sich krebsartig ausbreitende Gefahr der Straßengangs von Hispanics, die in Austin und Umgebung Zeitungsberichten zufolge ihr kriminelles Unwesen trieben, die aber noch niemand zu Gesicht bekommen hatte.

Einmal schossen sie mit einer alten *Pistole 911*, die der Vater noch aus seiner Zeit als Soldat im Zweiten Weltkrieg hatte, auf leere Cola Dosen im Garten. Ein Unterfangen, das einmalig blieb. Zu überlegen war Charles dem Sheriff, so dass der schnell die Lust an einer Fortsetzung des ungleichen Wettbewerbes verlor.

Als er Hellen einmal mit auf die Jagd in den Wald nahm, ein Eichhörnchen erlegte und es anschließend auf einem weißen Stofftaschentuch sorgfältig mit seinem Skalpell sezierte, wurde ihr schlecht, sie musste sich übergeben und lief einfach davon.

Seitdem trafen sie sich nur noch in der Schule. Sie mied seine Anwesenheit, schaute ihn verächtlich an und wollte nichts mehr von ihm wissen.

Sie interessiert sich fürs Cheerleading, Musizieren, Pferde und ich für die Natur, Pfadfinderei und Waffen. So ist das eben bei den Mädchen und Jungen. Aber ich werde ein Mann! Und ein Mann muss tun, was ein Mann tun muss! Seine Familie beschützen, sein Eigentum verteidigen, auf die Jagd gehen und für Recht und Ordnung eintreten.

Seine Freizeit verbrachte Charles bei den Pfadfindern. Jede freie Minute. Beinahe jeden Tag. Komme was wolle.

Draußen in der Natur. An den Wochenenden im Camp, bei Lagerfeuer, Grillfleisch und Limonade. Beim Fährtenlesen, wo ihm so schnell keiner etwas vormachte und bei Schießübungen mit dem Luftgewehr, wo alle staunend um ihn herumstanden, wenn eine leere Dose nach der anderen durch seine Treffer in hohem Bogen von der Mauer katapultiert wurde.

Die Scouts bewunderten ihn für diese außergewöhnlichen Fähigkeiten, er fühlte sich anerkannt und war stolz. Anfangs als Club Scout, kurze Zeit später schon als Boy Scout.

Er bekam die Leitung einer kleinen Gruppe von sechs Club Scouts anvertraut, als sie am Wochenende am Lake Austin in einem Zeltlager campierten.

Wurde er zu Beginn wegen seines jungen Alters noch skeptisch beobachtet, änderte sich das schnell als er John Deef, einen 9-jährigen Schüler aus Lost Creek, vor dem Ertrinken rettete. Als der nämlich wegen eines Krampfes hektisch nach Hilfe rief, langsam unter der Wasseroberfläche verschwand und Charles sich selbstlos in das Gewässer stürzte, nach ihm tauchte, ihn zu fassen bekam, an die Oberfläche zog und an das rettende Ufer brachte.

Die Dankbarkeit der Eltern, eine Tapferkeitsmedaille der Pfadfinder und eine lobende Erwähnung im Lokalteil der Zeitung waren ihm sicher.

Er meldete sich für die Ausbildung zum Eagle Scout an und erntete zunächst das Gelächter der Prüfer.

„Viel zu jung", sagten sie alle.

Aber Charles beharrte darauf, sammelte Verdienstabzeichen nach Verdienstabzeichen wie andere in seinem Alter Briefmarken oder Matchbox-Autos. Bekam die Abzeichen für Erste Hilfe, Lebensrettung und Schwimmen wegen seiner Rettungsaktion sofort zuerkannt und verdiente sich die fehlenden achtzehn Anstecker durch Disziplin und Ehrgeiz in den folgenden neun Monaten. Nichts konnte ihn davon abhalten. Jeden Monat zwei Stück. Auf Biegen und Brechen!

Er organisierte Freizeiten im Wald, ging mit den jungen Scouts auf die Jagd. Zeigte ihnen, wie man Wild jagt, zerlegt und auf dem offenen Feuer brät. Erzählte über die Geschichte Amerikas und ihrer Präsidenten. Ließ sie Liegestützen machen oder scheuchte sie auf eine Anhöhe. Wer sein Programm nicht schaffte, wurde nach Hause geschickt. Ohne Ausnahme! Ohne Ansehen der Person! Egal, ob es der Sohn des Milchfahrers oder des Bürgermeisters war – da kannte er keine Gnade!

Als er kurz vor seinem 13. Geburtstag vor der Prüfungskommission stand, eilte ihm der Ruf voraus, hart, aber gerecht zu sein. Wie ein zu jung geratener Drill Officer der Marines, der allen anderen durch seine selbstlose Disziplin und Liebe zu seinem Vaterland ein Vorbild dafür ist, was die Eigenschaften eines guten amerikanischen Teenagers ausmachen sollten.

Er beantwortete alle Fragen mit Bravour. Über die Geschichte der Pfadfinderbewegung, deren Gesetze und Motto, nach sozialer Kompetenz und christlichem Glauben. Dem Erfinder Baden-Powell, einem Engländer, der Anfang des 20. Jahrhunderts die Bewegung gründete und im Jahr 1907 das erste Zeltlager organisierte; die Bedeutung der Pfadfinderlilie, deren Blätter die Punkte des Pfadfinderversprechens symbolisierten: Gott, den Mitmenschen und sich selber gegenüber verpflichtet zu sein.

Aber auch die Aufgaben des Vorsitzenden, eines Veteranen aus dem Zweiten Weltkrieg, löste er mit Leichtigkeit.

„Kommunisten haben uns überfallen. Du möchtest Dein Land mit Pfeil und Bogen verteidigen. Welche Pfeilspitze wählst Du, um die Kommunistenschweine aufzuhalten?"

„Bodkin-Spitze."

„Welcher US-Präsident war ein guter Ringkämpfer?"

„Der 16. Präsident. Abraham Lincoln. Republikaner. Amtierte von 1861 bis 1865", kam es, wie aus der Pistole geschossen.

Der Vorsitzende nickte anerkennend und schaute seine Beisitzer erstaunt an.

„Welcher Gründervater hat eine Schreibchiffrierung erfunden, die später bei der US-Army zum Einsatz kam?"

„Thomas Jefferson."

„Du sitzt vor einem Kurzwellen-Funkgerät und hörst Kommunistische Propaganda. Was machst Du?"

„Ich melde es sofort unseren Behörden."

„Du verdächtigst John, ein erbärmlicher Kommunist zu sein. Sein Kennwort besteht aus vier Zahlen, die für eine Jahreszahl stehen. Welche sind das?"

„1-9-1-7."

„Welche Auswirkungen hat es, wenn man Salz ins Wasser gibt?"

„Der Siedepunkt wird erhöht."

„Du willst Zutaten für Sülze, das Lieblingsgericht Deines Vaters, einkaufen. Welche Hauptzutat brauchst Du?"

„Einen Tierkopf."

„Ein Freund hat das Gift einer Coloradokröte geschluckt. Was passiert?"

„Er wird euphorisch und bekommt lebhafte Halluzinationen."

„Was ist der Unterschied zwischen Giften und Toxinen?"

„Gifte werden injiziert, Toxine eingenommen."

„Ein Schwarzbär hat mehrfach Lebensmittel gestohlen. Du möchtest ihm eine Falle stellen. Welche verwendest Du?"

„Ein Fangeisen."

„Uranoxid-Konzentrat ist auch bekannt als…"

„Yellowcake."

Es folgten noch Fragen zu Chemie, Elektrotechnik und Fotografie die Charles alle richtig beantwortete.

Der praktische Teil bestand darin, ein Jagdgewehr zu zerlegen, zu reinigen und wieder zusammenzusetzen. Eine Kleinigkeit für Charles, die dem Prüfer den allerhöchsten Respekt abforderte.

Nach drei Stunden war die Prüfung vorbei. Charles hatte bestanden und wurde der jüngste Eagle Scout in der Geschichte Amerikas und auf der Titelseite der Pfadfinder-Zeitschrift mit einem ausführlichen Bericht, als großes Vorbild für seine Altersgenossen gefeiert.

12-jähriger Junge aus Austin besteht die Prüfung zum Eagle Scout. Fantastisch! Eine Leitfigur für unsere Jugend!

Die Mädchen in der Schule schauten ihm bewundernd nach und die Jungen versuchten, jedem Streit mit ihm aus dem Weg zu gehen, denn er war für seine Nahkampfkünste und sein unerbittliches Handeln berüchtigt. Da, wo andere von ihren geschlagenen Gegnern abließen, setzte er noch einen drauf.

Eine gebrochene Nase bei Jim Delour, einen ausgeschlagenen Frontzahn bei Tom Hoffa oder ein blaues Auge bei Alvaro Rodriguez.

Margret und Adolphus wurden zum Direktor zitiert und gelobten Besserung. Sein Vater gab aber zu bedenken, dass es sich bei Hoffa um einen Schwarzen und bei Rodriguez um das Kind mexikanischer Einwanderer handelte und dass sein Sohn nur die Grundwerte Amerikas verteidigte – schließlich hatte er sich als Eagle Scout mit einem Eid dazu verpflichtet.

Der Direktor zeigte zwar Verständnis für diese bemerkenswerte Einstellung eines so jungen Schülers, empfahl aber strikte Zurückhaltung in den nächsten Monaten, um nicht Sanktionen oder sogar einen Schulverweis zu riskieren.

Segne, oh Herr, die Speisen, die wir zu uns nehmen.
Dass sie unsere Kräfte stärken, damit wir dich noch besser
lieben und dir dienen.
Amen.

Thanksgiving. 25. November 1954.

Margret hatte Truthahn zubereitet. Gefüllten Truthahn. Stundenlang war sie in der Küche mit den Vorbereitungen beschäftigt. Die Füllung mit Toast, Zwiebeln, Sellerie, Kräutern und Gewürzen angerichtet – die Früchtefüllung mit Kirschen, Pflaumen und Cranberries, die sie mit einem Löffel flach andrückte, den Puter mit Kleidergarn zunähte, bevor sie ihn in den Ofen schob und pünktlich jede halbe Stunde mit Bratenfond übergoss. Neun Stunden lang.

Das Lieblingsgericht ihres Mannes, der das Tier am frühen Morgen eigenhändig geschlachtet hatte, ihm auf dem Holz-Amboss mit einer Axt einfach den Kopf abhackte, obwohl sich der Puter mit allem was ihm zur Verfügung stand bis zuletzt wehrte. Aber vergeblich!

Nun stand er geschmackvoll drapiert und wohlduftend auf dem Tisch.

„Wann war die Boston Tea Party?"

„1773."

„Und der Frieden von Paris?"

„1783."

„Genauer!"

„Am 3. September 1783."

Adolphus schaute seinen Sohn mit zusammengekniffenen Augen an und überlegte.

„Und der Schwarze Donnerstag?"

„Am 25. Oktober 1929."

Die Gesichtszüge des Patriarchen hellten sich plötzlich auf und er lachte höhnisch.

„Falsch! Es war der 24. Oktober 1929! Wir leben hier doch nicht in Europa, sondern in den USA."

Er nahm sich eine Keule, nagte das Fleisch vom Knochen, während er Charles spöttisch anstarrte.

„Chance vertan! Dieses Jahr wird es nichts mit der Competition in Dallas", sagte er mit vollem Mund, trank einen Schluck Bier, rülpste laut und wischte sich die Lippen mit der Serviette ab.

„Vielleicht nächstes Jahr! Ich bin kein Unmensch."

„Das kannst Du nicht machen, Adolphus!", mischte sich Margret aufgeregt ein. „Wegen eines Tages! Der Junge hat sich so darauf gefreut!"

„Ein Tag kann die Geschichte entscheiden!" Er winkte verärgert ab. „Aber was weißt Du Schnepfe schon davon! Du schaffst es noch nicht einmal, einen saftigen, knusprigen Truthahn zu braten." Er schmiss das Besteck wütend auf den Teller.

„Wer soll diesen zähen Gummiadler essen? An dem beiße ich mir höchstens meine teuren Jacketkronen aus."

Charles spürte ein Hassgefühl in sich aufsteigen. Er konnte machen, was er wollte, sein Vater hatte nie die Absicht, ihn zum Wettbewerb nach Dallas zu lassen. Ganz im Gegenteil! Er hatte ihn abermals reingelegt und würde es auch künftig tun. Daran hatte sein Sohn jetzt keinen Zweifel mehr.

„Das essen noch nicht mal die Schweine!", brüllte Adolphus seine Frau an.

„Mir schmeckt es", sagte Charles aufmüpfig, kaute auf dem Fleisch und würgte es hinunter, denn ihm war eigentlich der Appetit vergangen.

Ein lauter Knall! Wie ein Peitschenhieb! Adolphus hatte ihn mit der flachen Hand auf die Wange getroffen. Volltreffer! Kopfdröhnen. Schwindel. Übelkeit.

„Wenn Du es wagen solltest, mir noch einmal zu widersprechen…" Er zitterte am ganzen Leib. Seine Augenbrauen waren nach unten gezogen, die Augen zusammengekniffen.

„Dann melde ich Dich bei den Pfadfindern ab. Ist das klar? Habe ich mich deutlich genug ausgedrückt?"

Betretenes Schweigen.

„Und Du solltest endlich einmal lernen, wie man einen ordentlichen Truthahn zubereitet!", schrie er seine Frau an, die schluchzend am Tisch kauerte, den Kopf in den Händen vergraben.

„Thanksgiving ohne Truthahn ist eine nationale Schande! Du bist die einzige Frau in ganz Texas, die das nicht hinkriegt."

Aber sie reagierte nicht auf ihn.

Adolphus griff wütend mit einer Hand an den Hals seiner Frau, drückte zu und schüttelte sie wie einen Cocktail-Shaker hin und her, immer wieder, bis sie die Augen verdrehte und nach Luft japste.

Charles sprang auf und schlug seinem Vater so lange auf den Arm, bis er Margret losließ und sie wie ein nasser Sack auf den Boden fiel und krampfartig röchelte.

Charles spürte einen dumpfen Hieb über seinem Auge. Ein stechender, brennender und ziehender Schmerz durchzog ihn. Blut lief langsam in sein Auge.

Dickflüssig, warm und klebrig. Er wischte es benommen mit seinem T-Shirt weg, aber es lief einfach weiter. Tropfen für Tropfen, im Pulsschlag seines Herzens. Ihm wurde schlecht. Er fiel in Ohnmacht.

In der Notaufnahme des *Dell Stefan Medical Centers* kam er wieder zu Bewusstsein. Sein Vater hatte ihn dorthin gebracht.

Ein Arzt hielt ihm irgendetwas übelriechendes unter die Nase. Er holte tief Luft, öffnete die Augen und schaute in das grelle Licht einer Operationsleuchte. Vor ihm der Weißkittel, der ihm einen Cut über der Augenbraue routiniert vernähte und seinen Vater währenddessen fragte, wie es zu dem Unglück gekommen sei.

Adolphus Brown erzählte ihm empört, dass sein Sohn auf dem Rückweg von der Kirche von einer Bande Hispanics überfallen worden sei. Brutal, hinterlistig und ohne, dass Charles eine Chance gegen die vielen Angreifer gehabt hätte.

Der Arzt schaute seinen Patienten mitleidsvoll an und meinte, dass er den Vorfall aufgrund seiner Brutalität der Polizei melden müsse.

Aber Adolphus entgegnete, dass er sich das sparen könne, weil man gerade vom Police Department komme, wo man Anzeige wegen schwerer Körperverletzung und versuchten Totschlags gegen Unbekannt erstattet habe.

Der Arzt nickte erleichtert, ersparte es ihm viel bürokratischen Aufwand und klopfte Charles zum Abschied aufmunternd auf die Schulter.

„Bist Du heiratest, ist alles verheilt!"

Adolphus informierte den Schuldirektor über den Überfall auf seinen Sohn, verübt von skrupellosen Hispanics. Vielleicht ein Racheakt jenes Rodriguez, dem sein Sohn ein blaues Auge verpasst hatte, weil er sich als Pfadfinder und Patriot für die Grundwerte seines Vaterlandes eingesetzt hatte.

Der Direktor vernahm den Verdächtigen – ohne Erfolg. Rodriguez war zum fraglichen Zeitpunkt zu Besuch bei seinen Großeltern in Nevada, tausende Kilometer entfernt.

Aber Adolphus sah sich in seiner Meinung bestätigt, dass der mexikanische Einwanderersohn als Anstifter in die Tat verwickelt sein musste, hatte er sich doch extra für den fraglichen Zeitpunkt ein wasserdichtes Alibi besorgt.

Der Direktor hielt das zwar nicht für ausgeschlossen, gab aber zu bedenken, dass ihm in einem solchen Fall die Hände gebunden seien – schließlich sei er Direktor einer angesehenen Schule und nicht das Police Department.

Aber diese ausweichende Antwort konnte Adolphus nicht akzeptieren.

Er verlangte, Rodriguez besser im Auge zu behalten, um Vorkommnisse dieser Art in Zukunft zu vermeiden.

„Sonst sehe ich mich dazu gezwungen, eine entsprechende Meldung an die Schulbezirksleitung zu machen."

Der Schulleiter gelobte Besserung und entschuldigte sich für den Vorfall.

Adolphus nahm die Entschuldigung schweren Herzens an. Er war schließlich kein nachtragender Mensch.

Charles Brown blieb drei Tage lang im Haus kaserniert. Dann fiel ihm die Decke auf den Kopf. Er war wütend! Auf seinen Vater, sich selber und die Situation in der er steckte und die keine Hoffnung auf Besserung erwarten ließ. Er musste den Kopf freikriegen, auf andere Gedanken kommen, frische Luft atmen und ein Erfolgserlebnis haben.

Vielleicht einen Dachs oder ein Eichhörnchen schießen!

Er nahm sich sein Jagdgewehr und Fernglas, packte sich ein Käsesandwich und Limonade in den Rucksack und machte sich auf den Weg in den Wald.

Ruhe! Leichter Nieselregen. In der Ferne Adlerrufe, das Hämmern eines Spechts und das Trompeten eines Kranichs.

Er wanderte noch eine ganze Weile weiter, legte sich dann auf den Rücken in das feuchte Gras und ließ das kühlende Nass auf sein Gesicht patschen. Regen, eine Seltenheit zu dieser Jahreszeit!

Plötzlich Hundegebell in der Ferne. Er dreht sich um, nimmt sein Fernglas und beobachtet die Umgebung. Die Geräusche kommen näher.

Er erkennt ein paar hundert Meter entfernt eine Frau und einen Mann, die mit ihrem Schäferhund spazieren gehen. Laut lachend, fröhlich und ausgelassen.

Die Frau wirft einen Stock weg und der Hund bringt ihn stolz wieder zurück. Die Frau streichelt ihn dafür, nimmt den Stock aus dem Maul und schleudert ihn einmal mehr in hohem Bogen fort. Der Vierbeiner läuft sofort hinterher – Charles nimmt sein Gewehr und schaut durch das Zielfernrohr – hat den Hund im Visier, erst den Kopf und dann die Hinterläufe. Betätigt den Abzug!

Ein heller, peitschender Knall hallt durch den Wald und schreckt die Vögel in den Bäumen auf. Ein kurzes Aufjaulen des Schäferhundes, es hat ihm einen Hinterlauf weggerissen. Er liegt auf der Seite, versucht noch einmal auf die Beine zu kommen, kann sein Gleichgewicht nicht halten und geht wieder unfreiwillig zu Boden. Der Hinterlauf hängt nur noch an ein paar Sehnen. Die Frau schlägt fassungslos die Hände über den Kopf zusammen, schreit etwas Unverständliches gen Himmel, während der Mann vergeblich Ausschau nach dem Schützen hält.

Charles belauert sie noch eine Weile, legt sich dann zufrieden ins nasse Gras, isst in aller Ruhe sein Sandwich, trinkt Limonade und macht sich dann auf den Weg nach Hause.

Terry Ratfield saß in seinem Büro, nippte an seinem lauwarmen Kaffee und kaute seinen Quarter Pounder. Bisher ein ruhiger Tag. So wie meistens in den letzten Monaten. Aber jetzt lag die Anzeige von Deborah Kensly auf seinem Schreibtisch, einer Verkäuferin aus Del Valle, deren Schäferhund so fatal von einer Kugel getroffen wurde, dass man das Tier noch vor Ort einschläfern musste. Nichts mehr zu machen. Kaliber 6,5 mm. Damit schießt man Schwarzwild. Aber keinen Hund.

Ratfield grübelte. Aber wer schießt überhaupt auf einen Hund? Ein Geistesgestörter? Musste er sich Sorgen machen? Die letzten zehn Jahre war nichts dergleichen passiert, davor eine Serie von Pferdemorden. Zuerst mit Giftködern, die Tiere waren qualvoll innerlich verblutet. Danach mit einem auf einer Lanze montierten Jagdmesser. Sauberer Hals- oder Bauchschnitt, manchmal auch abgetrennte Ohren oder Geschlechtsteile. Erst in engen Pferdeboxen, später auch auf der Weide.

Monatelang hatte die Polizei damals nach dem Pferde-Ripper gesucht. Zunächst vergeblich. 17 tote Gäule! Bis ihnen der Zufall zur Hilfe kam und sich der Ripper in einen Stall traute, der von zwei Bullterriern bewacht wurde. Glück für die Pferde – Pech für den Ripper! Zahlreiche Bisswunden im Gesicht und den Extremitäten, hoher Blutverlust, mehrere Operationen. Drei Monate Krankenhausaufenthalt, danach neun Monate im *Travy County Gefängnis*, äußerlich ein Leben lang durch entstellende Narben gezeichnet.

Damals dachte er, es müsste sich um einen kräftigen, brutal aussehenden Mann handeln, der vielleicht in der großen Fleischfabrik in Brentwood oder als Metzger arbeitete – aber er wurde eines Besseren belehrt!

Denn der Ripper war ein 15-jähriger Schüler der benachbarten High School, der sadistische Gewaltfantasien hatte und Macht und Kontrolle über ein wehrloses Lebewesen ausüben wollte, weil er selber unter Minderwertigkeitskomplexen litt und von Mitschülern gemobbt wurde.

Ein kleines, zierliches Bürschlein, dem er so etwas niemals zugetraut hätte.

Er schüttelte den Kopf vor so viel Naivität, nippte erneut an seinem Kaffee und hoffte, dass es sich diesmal nur um eine Einzeltat handelte und er der Sache nicht weiter nachgehen musste. Er war schließlich für Kapitalverbrechen zuständig und hatte den Fall nur deshalb auf dem Tisch, weil sein Kollege Anderson glaubte, wer mit so einem Kaliber auf ein Tier schießt, wird sich früher oder später einen Menschen als Opfer suchen. In gewisser Weise handelte er also prophylaktisch. Wie bei einer Vorsorgeuntersuchung. Er hätte es auch ablehnen können. Aber er schuldete Anderson noch einen Gefallen, weil der ihm vor kurzem bei der Renovierung seiner Wohnung behilflich war. Außerdem hatte er ein weiches Herz, nicht gerade hilfreich bei seinem Job.

Er überlegte, was er tun sollte. Schließlich ordnete er an, dass Ranger in dem Waldgebiet die nächsten Wochen ab und zu Streife laufen sollten. Ein alibimäßiges Unterfangen, aber er wollte sich nicht nachsagen lassen, den Vorfall nicht ernst genommen zu haben.

Einen Monat später der nächste Zwischenfall. Einem Australian Kelpie war aus großer Entfernung in den Kopf geschossen worden. Mit derselben Munition. Der Hund war auf der Stelle tot.

Ratfield schaute sich das Tatortfoto an. Das Opfer lag auf der Seite, alle Viere von sich gestreckt, der Kopf war nur noch zu erahnen.

Unter Umständen ein Jagdunfall. Vielleicht hat man den Kelpie aus der großen Entfernung für einen streunenden Wolf gehalten. Eine gewisse Ähnlichkeit ließ sich nicht leugnen. Aber ein Wolf geht nicht mit seinen

Herrchen spazieren, verwarf er den Gedanken schnell wieder. Also doch kein Versehen, sondern eine geplante Tat. Womöglich der Blutrausch eines Serienkillers, der es auf Hunde abgesehen hat, weil er schon einmal von ihnen gebissen wurde. Er hatte über einen solchen Fall in einer Fachzeitschrift gelesen.

Oder der Racheakt eines politisch motivierten Tierquälers, der den Gehorsam und die Unterwürfigkeit von Hunden hasste. Auch solche Fälle soll es schon gegeben haben.

Oder – und das wäre der Super-GAU: Ein durchgeknallter Psychopath, der einfach nur Freude an der Tötung von Lebewesen empfindet, denn der würde nicht aufhören und so lange weitertöten, bis man ihn irgendwann schnappt und aus dem Verkehr zieht.

Immerhin hatte der Besitzer des Kelpies ausgesagt, er habe jemanden weglaufen sehen, oben auf dem Waldhang. Konnte ihn zwar nicht genau erkennen, war sich aber sicher, dass es sich um einen kleinen, weißen Mann mittleren Alters gehandelt haben musste.

Eine Aussage, die Ratfield nicht weiterbrachte, traf die Beschreibung doch auf jeden zweiten Mann in Austin zu. Aber wenigstens ein erster Hinweis.

Ansonsten hatte der Täter kaum Spuren hinterlassen. Keine Patronenhülse, keinen Fußabdruck. Lediglich eine leere Dose Limonade, bei der sie nicht sicher waren, ob sie nicht schon vorher jemand achtlos in den Wald geworfen hatte.

———————————————

„Du musst das Gewehr ruhiger halten, tief ausatmen, das Ziel anvisieren und entschlossen den Abzug betätigen."

Der junge Pfadfinder drückte ab. Aber die leere Büchse auf der Mauer blieb unberührt stehen. Ziel verfehlt. Wie so oft.

Aber Charles hatte Geduld mit den jungen Scouts. Schließlich waren sie die Zukunft Amerikas.

„Ich zeige es Dir noch mal." Charles nahm das Luftgewehr, visierte kurz das Ziel an und schoss. Die Büchse fiel in hohem Bogen von der Mauer.

Der Scout schaute ihn mit großen Augen an.

„Ich möchte später auch mal so schießen können wie Du."

„Es wäre schon gut, wenn Du aus zwanzig Metern wenigstens die Büchse treffen würdest." Er lächelte süffisant. „Ich kann aus hundert Metern Entfernung einem Eichhörnchen das Auge ausschießen."

Der Scout kam aus dem Staunen nicht mehr heraus. „Toll! Wenn ich das in der Schule erzähle, glaubt es mir keiner!"

Charles fühlte sich im Dunstkreis der Scouts pudelwohl. Er war stolz darauf, mit seinen gerade einmal sechzehn Jahren, die jungen Pfadfinder auf das Leben vorzubereiten. Ihnen die ethischen und moralischen Werte eines guten amerikanischen Pfadfinders zu vermitteln, die Freizeit sinnvoll zu verbringen beim Camping, Wandern, Wassersport, Fährtenlesen und manchmal auch mit Schießtrainings.

Hier fand er die Anerkennung, die ihm zu Hause versagt blieb. Die Jungen bewunderten ihn – sein Selbstvertrauen, seine Energie und seinen Ehrgeiz, der die Teilnehmer oft bis an den Rand der Verzweiflung und Leistungsfähigkeit brachte und manchmal auch darüber hinaus. Seine kompromisslose Art, die ihn zu dem gemacht hatte, was er war: Der jüngste Eagle Scout Amerikas! Niemand anderes bei den Pfadfindern hatte es in seinem Alter schon so weit gebracht wie er.

Und es gab Tage, an denen er jeden spüren ließ, dass er ein Champion und geborener Führer ist.

Wer sich in seinem Unterricht räusperte, machte zur Strafe zehn Liegestütze; wer laut lachte, musste einmal um den Lake Anson laufen und wer unaufgefordert redete, durfte am nächsten Schießtraining nicht teilnehmen – die Höchststrafe für die Jungs.

Er sah seine Mission darin, aus verweichlichten Großstadtbengeln gestandene Männer zu formen, auf die sich Amerika später einmal verlassen konnte und die, ohne zu überlegen, die Werte ihres Vaterlandes verteidigen würden. Koste es, was es wolle! Wem das nicht gefiel, konnte die Gruppe wechseln.

Er duldete kein: „Geht nicht, ich kann nicht mehr" oder „Ich habe Angst", sondern nur ein klar und deutliches: „OK, Sir!"

Zu Hause erlebte er das volle Kontrastprogramm. Hier war Adolphus der uneingeschränkte Herrscher der Familie. Sein Wort war Gesetz. Hier duldete der Patriarch kein: „Geht nicht, ich kann nicht mehr", und schon gar kein: „Ich habe Angst."

Adolphus Brown waren diese Gefühle fremd. Wovor sollte er auch Angst haben? Er war ein erfolgreicher Geschäftsmann. Die Waffenverkäufe liefen blendend. Er hatte mittlerweile acht Mitarbeiter in seinen beiden Geschäften angestellt. Zwischenzeitlich sogar einen Schwarzen, von dem er sich versprach, dass er viele neue Kunden aus seinem Wohnviertel anlocken könnte - bis er irgendwann bemerkte, dass der Anteil der schwarzen Bevölkerung dort viel niedriger war, als er immer dachte. Er feuerte den Farbigen und stellte stattdessen einen Hispanic ein – ein lohnender Schachzug bei einem Bevölkerungsanteil von mehr als dreißig Prozent.

Margret hatte sich im Laufe der letzten Jahre immer mehr in die Kirchenarbeit geflüchtet. Ging jeden Tag in die Messe, sammelte Spenden für Katholiken in Kuba und ein Kinderheim in Pflugerville. Den Rest des Tages hielt sie den Haushalt und Garten in Ordnung, versuchte ihrem Mann jeden Wunsch von den Lippen abzulesen, holte um spätestens 7 Uhr morgens die Zeitung aus dem Vorgarten und legte sie sorgfältig gefaltet auf den Frühstückstisch.

Und die Schlagzeilen des Tages bestimmten die Laune ihres Mannes.

Sieg von Dwight D. Eisenhower bei Präsidentenwahl gegen den Demokraten Stevenson – gute Laune!

Niederschlagung des Ungarnaufstands durch die Sowjets – Verdruss, Unmut!

Landung Fidel Castros auf Kuba und Guerillakrieg gegen Batista – Feindseligkeit!

Floyd Pettison gewinnt gegen Archie Moore die Boxwelt-meisterschaft im Schwergewicht – Katastrophe! Kein Weißer im Endkampf, kein neuer Pete Radamacher in Sicht. Die Schwarzen überall auf dem Vormarsch! In Kürze Bürgerkrieg?

„Wann wurde Kentucky gegründet?"

„Im Jahr 1792."

„Alabama?"

„1819."

„Florida?"

„Im selben Jahr."

„Von wem erworben?"

„Von den Portugiesen."

Adolphus lachte hämisch.

„Von den Portugiesen", wiederholte er verächtlich. „Es waren natürlich die Spanier!", brüllte er seinen Sohn an. „Du musst noch viel lernen. Was machst Du eigentlich den ganzen Tag?"

Er wendete sich seiner Frau zu.

„Du solltest Dich mehr um Deinen Sohn kümmern, anstatt ständig in die Kirche zu gehen. Dem Jungen fehlt es an jeglichem geschichtlichen Verständnis."

„Portugal oder Spanien! Wen interessiert das schon?", sagte sie leichtsinnig mit einem Hauch von Gleichgültigkeit.

Adolphus war die Zornesröte ins Gesicht geschrieben. Er begann zu zittern. Sprang von seinem Stuhl auf, packte ihren Arm und schubste sie aggressiv ins Badezimmer. Schaltete das Radio an. Volle Lautstärke! *Love Me Tender*, von Elvis Presley.

Love me tender, love me sweet
Never let me go
You have made my life complete
And I love you so...

Charles hörte die Schreie seiner Mutter. Immer und immer wieder. Eine quälend lange Zeit, bis endlich sein Vater herauskam, das Radio ausschaltete, sich erschöpft in den Ohrensessel fallen ließ und in der Zeitung blätterte. So alltäglich, als sei er gerade nach einem anstrengenden Tag von der Arbeit gekommen und vertreibe sich die Zeit bis zum Abendessen.

Die Badezimmertür öffnete sich zaghaft. Margret schaute vorsichtig heraus. Gekrümmt vor Schmerzen. Schluchzend. Eine Hand auf dem Oberbauch, die andere suchte zitternd Halt an der Anrichte. Ein Häufchen Elend auf zwei Beinen. Sie guckte kurz ihren Sohn an. Der schaute beschämt weg. Er hatte das Unglück nicht verhindert und würde es auch zukünftig nicht verhindern können.

Charles hasste seinen Vater für alles, was er seiner Mutter und ihm angetan hatte. Er ekelte sich vor ihm, wie er so herumsaß, als sei nichts geschehen, sich mit dem Tischfeuerzeug eine Zigarette anzündete und den Rauch genüsslich aushauchte – so, wie er langsam das Leben seiner Frau aushauchte. Einer gebrochenen Frau, die nur noch scheinbar lebte, nur noch mechanisch funktionierte, aber keine Freude mehr an ihrer Existenz hatte.

Charles grübelte, wann er sie das letzte Mal herzlich lachen gesehen hatte. Es fiel ihm nicht ein. Da muss er so jung gewesen sein, dass ihm die Erinnerung daran fehlte.

Er lief aus dem Zimmer, griff sich das Gewehr, den Schalldämpfer und ging in den Wald.

Tiefer und tiefer. Pausenlos durch das Unterholz. Der Ruf eines Kuckucks, das stakkatoartige Hämmern eines Buntspechts. Er fühlt eine kühle Windbrise. Es beginnt zu regnen. Die Tropfen prasseln in einem gleichmäßigen, unaufdringlichen Rhythmus auf die Blätter und das Unterholz. Die Zeit scheint stehengeblieben zu sein. Die Tiere und Pflanzen haben eine Pause eingelegt.

Charles beruhigt sich langsam, stellt sich unter eine Texas-Eiche, deren dichtes Blattwerk ihn zuverlässig vor Nässe schützt.

Schreie eines Greifvogels. Er schaut in den Himmel. Ein Bussard kreist durch die Lüfte, majestätisch und erhaben, wahrscheinlich auf Beutezug. Der gleichmäßige Rhythmus des Regens kommt ins Stocken. Nur noch vereinzelte Tropfen, dann ist es ruhig.

Er geht weiter, ohne Ziel. Die Sonne bahnt sich den Weg durch die Baumkronen und blendet ihn. Hinter einem Hügel erkennt er einen Regenbogen, der aussieht, als wolle er Himmel und Erde in allen Spektralfarben miteinander verbinden: Rot, Orange, Gelb, Grün, Blau und Violett!

Auf einer Anhöhe macht er eine Pause, setzt sich auf den nassen Boden und wischt sich den Schweiß von der Stirn. Es ist schwül, dampfige Luft.

Menschliche Rufe unterbrechen die Stille. Er nimmt sein Fernglas aus dem Rucksack und beobachtet die Gegend. Die Geräusche werden lauter. Er erkennt einen Ranger in der Ferne, das Gewehr geschultert und einen dunkelbraunen Chesapeake Bay Retriever an der Leine, der gleichgültig neben seinem Herrchen trottet.

Charles schraubt bedächtig den Schalldämpfer an den Gewehrlauf, schaut durch das Zielfernrohr und visiert den Hund an. Bei der großen Entfernung ein zu riskantes Unterfangen. Zu kleine Trefferfläche. Aber die beiden kommen näher. Langsam, aber beständig. Er wartet ab.

Der Ranger bleibt plötzlich stehen, reckt seine Arme von sich und setzt sich auf einen Baumstumpf. Dann leint er den Hund ab, der wie von der Tarantel gestochen durch das Unterholz jagt, hin und her, um seine überschüssige Energie loszuwerden. Der Ranger nimmt ein Fernglas und inspiziert die Umgebung. Charles duckt sich schnell hinter ein Gebüsch. Als er nach einer Weile wieder durch das Zielfernrohr schaut, sieht er, wie der Ranger gerade aufsteht, das Gewehr schultert und laut mit den Fingern pfeift.

Der Retriever bleibt auf der Stelle stehen und blickt erwartungsvoll zu seinem Herrchen.

Ein lautes Zischgeräusch – ein grelles, kurzes Aufjaulen. Der Retriever liegt am Boden. Getroffen, aber nicht tödlich. Er jault mit voller Kraft und zuckt unkontrolliert.

Ein zweites Zischgeräusch. Ruhe!

Der Ranger läuft aufgeregt zu seinem Hund, legt kurz die Hand an seinen Hals, um den Puls zu fühlen und dreht sich nach allen Seiten um, das Gewehr im Anschlag. Aber er kann niemanden entdecken.

Charles schraubt den Schalldämpfer vom Gewehrlauf, verbrennt sich dabei die Finger, verstaut alles ordentlich und macht sich auf den Weg nach Hause.

Regen setzt ein.

Terry Ratfield traute seinen Augen nicht. Auf seinem Schreibtisch lag zum wiederholten Mal eine Anzeige. Die neunte innerhalb von drei Jahren. Diesmal von einem Ranger auf Patrouille. Wieder im Wald. Wieder großes Kaliber. Wieder keine Spuren.

Die Fußabdrücke wurden durch den Regen verwischt und die Patronenhülsen hatte der Täter mitgenommen. Aber im Unterschied zu den vorherigen Taten brauchte er diesmal zwei Schüsse, um sein Opfer zu töten. Vielleicht wird er alt und gebrechlich, er zittert und die Sehkraft lässt allmählich nach.

„Blödsinn!", beschimpfte Ratfield sich selber. „Das muss diese verfluchte Hitze sein." Er stellte die Klimaanlage auf volle Leistung, die wie ein Düsenjet beim Start lautstark auf Touren kam.

Es grenzte an ein Wunder, dass der Täter bei solchen Entfernungen überhaupt traf. Mehrere hundert Meter! Wer schafft das schon? Es musste sich um einen wahren Präzisionsschützen handeln. Im Kollegenkreis traute es sich jedenfalls keiner zu – er hatte sie alle gefragt.

Er hatte sich auch bei den Schießvereinen erkundigt. Und bei den Veranstaltern von Schießwettbewerben. Schon nach der dritten Bluttat an einem Hund, als für ihn offensichtlich war, dass es keine Glückstreffer sein konnten, sondern die einer wahren Koryphäe.

Und es blieben vier Verdächtige übrig, die er alle überprüft hatte.

Einen Veteranen von den Marines, der aber ein wasserdichtes Alibi hatte. Gleiches galt für den Sieger der Schießwettbewerbe von Austin und Texas. Und dann gab es noch John Mahon, einen ehemaligen Scharfschützen der US-Armee und passionierten Jäger, mehrfach vorbestraft und Alkoholiker, den er zunächst für den Täter hielt, der aber nach dem vierten Blutbad an Leberzirrhose verstorben war und deshalb nicht mehr für die Mordserie in Betracht kam. Und als letztes einen zum Zeitpunkt der ersten Tat gerade einmal 13-jährigen Schüler namens Charles Brown, der aus gutem Haus kam, jüngster Eagle Scout des Landes war und von dessen Unschuld er schon aufgrund des Alters und seiner Herkunft überzeugt war.

Er war ratlos. Vielleicht kam der Täter gar nicht aus Austin, sondern der näheren Umgebung. Vielleicht war es auch nur ein Tierhasser, der neunmal einen Glückschuss landete.

Er lachte über sich selber, seine Ausflüchte und wirren Fantasien. Das wäre so wahrscheinlich wie sechs Richtige im Lotto mit Zusatzzahl! Daher vollkommen ausgeschlossen! Er musste der Wahrheit ins Auge sehen. Er hatte es mit einem eiskalten Sniper zu tun, von dem er hoffte, dass er die Prophezeiung seines Kollegen nicht wahr werden lassen würde.

Er nippte an dem kalten Kaffee, schüttelte sich kurz und schaute mit leerem Blick aus dem Fenster.

Was könnte er jetzt noch tun? Hunde im Wald verbieten? Lächerlich! Der Sniper hatte auch die Möglichkeit, sich einen Wadenbeißer in der Innenstadt vorzunehmen – und das wäre viel gefährlicher.

Die Menschen vor der unsichtbaren Gefahr warnen? Genauso lächerlich! Die Leute wussten bestens Bescheid. Der *Austin Examiner* und *Austin Observer* berichteten nahezu täglich über den sogenannten *Forest Killer*, der den besten Freund des Menschen ohne Grund, eiskalt und grausam, einfach aus dem Hinterhalt erschießt.

Er stierte auf die Schlagzeile des *Austin Observers*:

Der Forest Killer hat noch einmal zugeschlagen! Hund den Kopf kaltblütig weggeschossen. Ranger stand hilflos und geschockt daneben! Was macht unsere Polizei dagegen?

„Sich um die dreißig Morde an Menschen kümmern, die jedes Jahr in dieser verfluchten Stadt verübt werden!", brüllte Ratfield gefrustet ins leere Büro.

Er schüttelte den Kopf und ärgerte sich über sich selber. Die Medien und seit neuestem auch der Polizeipräsident, trieben ihn vor sich her. Und er hatte sich darauf eingelassen.

Man sollte die Kirche mal im Dorf lassen! Neun getötete Hunde in drei Jahren. Davon geht die Welt nicht unter. Juristisch gesehen nur Sachbeschädigungen. Und die gibt es in Austin millionenfach im Jahr. So what?

Er trank seinen Kaffee aus und ging pikiert nach Hause.

„Wenn Du Dich noch in Spanisch verbesserst, machst Du einen guten High School-Abschluss", sagte die Lehrerin zu Charles.

Das braucht sie mir nicht zu sagen, dass weiß ich auch so!

Charles galt in der Klasse mittlerweile als guter Schüler, nicht übermäßig strebsam, aber dafür sehr intelligent.

Mathematikaufgaben löste er mit Leichtigkeit, in Biologie war er der Beste und in Geschichte machte ihm so schnell keiner etwas vor. Dafür gehörte er in Religion und Kunst nur zum Durchschnitt. Doch die Gesamtnote würde ausreichen, um später an einer angesehenen Universität studieren zu können. Vielleicht an der *University of Texas* oder der *St. Eduard* in Austin. Vielleicht Ingenieurwesen oder Mathematik, möglicherweise auch Jura. Er wusste es noch nicht.

Aber eines stand fest: Die Studiengebühren an diesen Universitäten zählten zu den höchsten im Land. Sein Vater würde ihn finanziell unterstützen müssen. Bis dahin versuchte er Geld anzusparen, dass er sich durch diverse Nebenjobs verdiente.

Zunächst als Aushilfskoch in einem Burger Restaurant, wo er die Patties von Angus Rindern auf jeder Seite exakt drei Minuten braten musste, bevor sie serviert wurden. Ein schwieriges und schweißtreibendes Unterfangen in der heißen, stickigen und mit Mitarbeitern überfüllten Küche, die ihn an den Rand seiner Leistungsfähigkeit brachte.

Dann als Nachhilfelehrer in Mathematik und Biologie bei Vanessa Melson, der begriffsstutzigen Tochter eines reichen Fabrikanten. Ein lukrativer Job, der zwar viel Geduld erforderte, ihm jedoch keine Mühe machte und gut honoriert wurde.

Irgendwann bekam er das Angebot, früh morgens um 5 Uhr Tageszeitungen auszutragen. Erst mit seinem Bonanza Fahrrad; als er sechzehn Jahre alt war und den Führerschein hatte, mit einer gebrauchten *Harley-Davidson Panhead* aus dem Jahr 1949, die er dem Vater von Vanessa Melson als Bezahlung abschwätzte, nachdem das Motorrad schon jahrelang ungebraucht in einer verlassenen Scheune herumgestanden hatte.

Er überholte den Motor und lackierte sie in Royal Blau. Eine Sisyphusarbeit.

Als er den 1200 ccm großen Knucklehead-Motor zum ersten Mal startete, vergaß er alles um sich herum. Die Panhead bollerte, vibrierte und schüttelte ihn fast aus dem Sattel. Er fühlte sich wie ein Rodeo Reiter in Prescott, der versuchte, ihre 48 Pferdestärken irgendwie zu bändigen und erlebte dabei einen Ausbruch an Emotionen: Freude, Stolz, die unendliche Freiheit, sich einfach draufsetzen zu können, den Wind um die Ohren sausen zu lassen und seinen Sorgen davonzufahren.

Und das Motorrad machte die Mädchen aus seiner Schule auf ihn aufmerksam.

Jenny, die 16-jährige Blondine aus der Nachbarschaft, die ihn mit ihren himmelblauen Augen so wollüstig anstarrte, dass er froh war, dass die Maschine nur einen Sitz hatte oder Scarlett, die verruchte Tochter eines Metzgers, die ihm Nachhilfe in Biologie anbot – er es nicht sofort verstand und sie die Augen verdrehte und beleidigt abwinkte.

Er jedoch hatte sich in Gabriela verliebt, das Kind mexikanischer Einwanderer aus Puebla, deren Eltern ein Restaurant in der Innenstadt hatten.

Manchmal gingen sie im Wald spazieren und küssten sich, gelegentlich durfte er auch ihre Brüste streicheln – mehr ging nicht, schließlich war sie streng katholisch erzogen worden.

Einmal brachte Charles seine Eroberung mit nach Hause und stellte sie seinen Eltern vor.

Margret kannte Gabriela schon aus der Kirche, sie trafen sich dort mindestens zweimal in der Woche beim Gottesdienst. Ihr gefiel, dass sich ihr Sohn für eine strenggläubige Katholikin interessierte.

Adolphus hingegen war empört.

„Jetzt schleppst Du uns schon das mexikanische Gesindel ins Haus!", schimpfte er wie ein Rohrspatz.

„Gibt es denn keine anständigen amerikanischen Mädchen, die sich für Dich interessieren?"

„Gabriela ist Amerikanerin! Sie ist in Houston geboren."

„Na, wenn schon! Darum geht es doch gar nicht. Es kommt darauf an, welches originäre Blut in den Adern einer Person fließt. Und das ist bei Deiner kleinen Freundin alles… aber nicht amerikanisch! Ich erlebe es doch jeden Tag in meinen Geschäften. Die Chicanos kaufen Pistolen, Revolver und Schrotflinten, aber nicht, um sich oder ihr Eigentum verteidigen zu können, sondern um wehrlose Frauen und kleine Lebensmittelgeschäfte auszurauben. Liest Du denn keine Zeitung?"

Er winkte verächtlich ab und lachte zynisch. „Hätte ich beinahe vergessen, Du verteilst sie ja nur!"

Stille.

Er hob drohend den Zeigefinger und starrte seinen Sohn aggressiv an.

„So eine Burritofresserin bringst Du mir nicht mehr ins Haus", brüllte er und schlug so kräftig mit der Faust auf den Tisch, dass Margrets Wasserglas umfiel.

„Unverschämter Bengel! Was soll bloß mal aus Dir werden?"

Stille.

Margret ließ den Kopf in die Hände sinken. Dann sah sie ihren Mann mit flehenden Augen an.

Adolphus war kurz irritiert, rückte mit seinem Stuhl näher an seinen Sohn heran und legte väterlich einen Arm um seine Schulter.

„Wofür schufte ich mich denn so ab?", jammerte er plötzlich wie ausgewechselt. „Doch nur, um Dir eine gute Ausbildung zu ermöglichen. Aber nicht dafür, dass Du Dich in solchen Kreisen rumtreibst. Das musst Du doch verstehen!"

Doch das tat Charles nicht. Er verachtete seinen Vater. Er hasste ihn. Weil er Margret jeden Tag demütigte, beleidigte und verprügelte – wie er ihn selbst schlecht behandelte, ihm keine Luft zum Atmen gab und über sein Leben bestimmte – und, wie er über seine Mitmenschen dachte, sie in Schubladen voll Vorurteile steckte und diese wieder bei Bedarf herausholte.

Er fragte sich jeden Tag aufs Neue, warum sich seine Mutter das alles gefallen ließ. Warum sie nicht einfach die Tür hinter sich zuschmiss und irgendwo ein neues Leben begann. In Freiheit, ohne Gewalt und Unterdrückung, aber mit Perspektive und womöglich noch einmal Freude am Leben. War er etwa selber der Grund für ihren Verbleib? Wartete sie vielleicht, bis er volljährig war und auf eigenen Beinen stehen konnte? Oder war sie einfach nur ein schwacher Mensch, der sein Korsett des Unglücks nicht ablegen konnte und Angst vor einer ungewissen Zukunft hatte? Er wusste es nicht. Dennoch tat sie ihm leid.

„Wann war die Schlacht um Midway?", fragte Adolphus plötzlich.

„Vom 4. bis 7. Juni 1942."

Adolphus grinste seinen Sohn schelmisch an.

„Wer waren denn die amerikanischen Befehlshaber?"

„Nimitz, Spruance und Fletcher."

Er nickte überrascht, überlegte angestrengt und aß dann weiter. Ihm fiel keine Frage mehr ein.

Charles Sympathie für Gabriela hielt nur wenige Wochen an.

Manchmal fuhr er mit seiner Harley zu ihr nach Hause, sie machten Hausaufgaben, schmusten ein wenig oder spielten mit den Hunden. Er war bei den Vazquez immer willkommen. Doch ihm fielen mittlerweile Sachen auf, die ihn vorher nicht gestört hatten. Das ständige kameradschaftliche Schulterklopfen ihrer Eltern, die Anrede als *Senor Brown,* obwohl sie ihn schon eine Weile kannten, die scheinbar unendliche Geduld und Sorglosigkeit, die Mañana-Mentalität und damit verbundene Gleichgültigkeit, die Charles erst jetzt bemerkte und die ihm plötzlich missfiel. Er fühlte sich in seiner Haut unwohl. Und Gabriela spürte es. Sie trafen sich immer seltener – später nur noch in der Schule. Sie grüßten sich zwar weiterhin, sprachen dann über belanglose Themen und jeder ging wieder seines Weges. So, als hätte es die letzten Wochen nicht gegeben.

Charles Gedanken kreisten mit jedem Tag mehr um seine Zukunft.

Nur noch wenige Wochen bis zum High School-Abschluss. Was würde er studieren? Was wollte er einmal werden? Arzt, Jurist oder Wissenschaftler an einer Universität? Er wusste es nicht. Wie die meisten seiner Mitschüler, die sich schon in jungen Jahren dafür entscheiden sollten, wie sie ihren Lebensunterhalt bis ins hohe Alter bestreiten sollten.

Für Adolphus war die Sache klar. Sein Sohn war dafür geboren, eine akademische Karriere zu machen. Am liebsten als bekannter Mathematiker, später vielleicht Professor an einer angesehenen Universität und wenn alles gut lief – künftiger Nobelpreisträger. Das Zeug dazu hatte er jedenfalls. Einen IQ von 140! Hochbegabt! Wer konnte so etwas schon von sich behaupten?

Jetzt galt es die Potentiale am Schopfe zu packen, nicht zu zögern und sich an der Universität von Texas einzuschreiben, die eine der angesehensten Fakultäten für Mathematik im Land hatte. Er könnte zu Hause wohnen bleiben, die Miete einsparen und sich dadurch die hohen Studiengebühren leisten.

Adolphus war sich sicher, dass Charles zudem ein Stipendium erhalten könnte. Von den *Boy Scouts of America* als jüngster Eagle Scout der Geschichte oder von der *National Rifle Association* als ehemals bester Schütze seiner Altersklasse und begünstigt durch die außergewöhnlichen Beziehungen seines Vaters. Oder einer anderen namhaften Organisation oder Unternehmung, die sein Potential erkannte. Dafür musste er sich allerdings für einen Studiengang an der Universität einschreiben.

„Was ist jetzt? Was willst Du studieren? Mathematik? Medizin? Jura?", fragte Adolphus seinen Sohn ungeduldig.

Der zuckte nur unwissend die Schultern, kaute gelassen auf seinem Cheeseburger herum, spülte alles mit einer Cola herunter und antwortete seinem Vater, dass er sich in den kommenden Tagen entscheiden werde.

„Ich gebe Dir bis Dienstag Zeit! Bis dahin will ich von Dir einen Vorschlag hören! Ist das klar?", brüllte Adolphus seinen Sohn an.

Vorschlag? Einem Vorschlag muss man zustimmen, einer Entscheidung nicht. Sein Vater behielt sich also das letzte Wort darüber, wie seine Zukunft aussehen sollte. Wie immer wollte er alles in der Hand haben und über die Perspektiven Anderer bestimmen.

Charles Brown machte seinen High School Abschluss mit Auszeichnung und erreichte ein Ergebnis von 97 Prozent, was einem *„Sehr gut"* entsprach. Besser ging es kaum. Nur Maria-Alba Martinez erreichte als Beste einen Prozentpunkt mehr als Charles und gehörte damit zu den Top Ten Absolventen in ganz Texas.

Charles stand die Welt offen. Er konnte sich eine Universität aussuchen. Jede würde ihn annehmen, selbst Harvard, Princeton oder Yale. Einen Großteil der Studiengebühren könnte er über Stipendien finanzieren. So viel war klar. Doch er hatte noch immer keine Entscheidung getroffen.

Zur Abschluss-Zeremonie in der Aula trug er stolz einen purpurroten Talar und eine Kappe. Er war froh, diese Episode seines Lebens nun hinter sich zu haben und bald mit etwas Neuem beginnen zu können.

Seine Mutter winkte ihm freudig zu, als der Direktor seinen Namen aufrief, er das Diploma erhielt und die Troddel an der Kappe endlich von links nach rechts drehen konnte als Zeichen dafür, ab jetzt ein Graduate zu sein. Sein Vater saß indes griesgrämig und teilnahmslos auf seinem Stuhl – zu groß war seine Enttäuschung darüber, dass sein Sohn nur den zweiten Platz belegt hatte, geschlagen von einem Einwandererkind aus Kuba!

Charles feierte mit den anderen Absolventen bis in den frühen Morgen. Sie tanzten, tranken, rauchten und knutschten ausgelassen zu der Musik von Paul Anka, Ritchie Valens oder Johnny Horton.

Als er um 6 Uhr morgens wieder nach Hause kam, war er betrunken aber bester Laune.

Adolphus erwartete ihn schon. Er saß im Wohnzimmer bei schummrigem Licht der alten Stehlampe in seinem Ohrensessel, ein Glas Whisky in der Hand, die Zeitung sorgfältig gefaltet auf seinem Schoß und schaute seinen Sohn entsetzt an.

„Du kommst jetzt erst?"

Was für eine überflüssige und dumme Frage!

Charles nickte. Er konnte sich kaum auf den Beinen halten und klammerte sich taumelnd am Türrahmen fest. Ihm war schwindelig, alles drehte sich um ihn herum und ihm wurde übel.

„Hast Du getrunken?"

„Nur ein paar Bier, Dad. Zur Feier des Tages."

Er konnte sich nicht daran erinnern, Adolphus schon ein-mal „Dad" genannt zu haben. Den Ausdruck kannte er ei-gentlich nur aus dem Fernsehen oder den Geschichten seiner Mitschüler von zu Hause.

Er war beschwingt und grinste seinen Vater schel-misch an.

Der saß regungslos in seinem Sessel, das Gesicht im Halbschatten. Durch die geöffnete Tür zur Terrasse hörte man das Zwitschern einer Nachtigall und das an-steigende *hu-hu-hu* eines Raufußkauzes.

Schweigen.

„Zur Feier des Tages?", wiederholte sein Vater er-staunt nach einer gefühlten Ewigkeit, nahm einen gro-ßen Schluck Whisky und lehnte sich zurück.

„Du feierst, obwohl Du nur Zweiter geworden bist? Geschlagen von einem Mädchen? Einer Latina?" Er schüttelte verständnislos den Kopf.

„Dafür habe ich Dich nicht großgezogen!"

Er raffte sich mühsam aus dem Sessel hoch und stand direkt vor seinem Sohn.

Charles stierte in das versteinerte, rot angelaufene Gesicht eines hasserfüllten Menschen – mit verengten Pupillen, zusammengezogenen Nasenlöchern und offenem Mund, aus dem der schale Geruch von kaltem Nikotin und Whisky zu riechen war. Sein Vater begann am ganzen Körper zu zittern. Wie ein Vulkan, der kurz vor dem Ausbruch stand!

„Alles in Ordnung, da unten?", rief Margret aus dem Obergeschoss.

Stille.

Sie kam ein paar Schritte im Nachthemd die Treppe herunter, lehnte sich über die Balustrade.

„Ich fragte, ob alles in Ordnung ist!"

„Geh nach oben! Ich komme auch gleich."

„Gute Idee, Adolphus. Komm schlafen! Du hast einen anstrengenden Tag vor Dir", sagte sie und verschwand im Schlafzimmer. Kaum hatte sie die Tür geschlossen, packte Adolphus seinen Sohn blitzartig mit der Hand am Hals, zog ihn auf die Terrasse und verpasste ihm einen kräftigen Faustschlag auf das linke Ohr.

Charles taumelte zu Boden. Er versuchte sich an der Einstiegsleiter des Swimming-Pools wieder nach oben zu ziehen. Vergeblich! Er hatte keine Kontrolle mehr über seinen Körper. Er war zu betrunken. Aus seinem Ohr tropfte Blut. Erst auf die Fliesen, dann auf die Schulter, schließlich seinen linken Arm herunter. Er verlor das Bewusstsein.

Plötzlich kam er wieder zu sich und schnappte nach Luft. Wasser drang in seine Nase und den Mund. Er verschluckte sich, wurde hektisch, ruderte wild mit den Armen, hatte keine Orientierung, als ihm bewusst wurde, dass sein Vater ihn in den Pool geworfen hatte. Er war sich sicher, er müsste ertrinken. Nicht im Pazifik oder Atlantik, nicht im Missouri oder Mississippi, sondern im eigenen Pool!

Adolphus stand amüsiert am Beckenrand und beobachtete den Überlebenskampf seines Sohnes, in einer Hand das Whiskyglas und in der anderen den großen Pool-Casher. Er hatte ein Lächeln auf den Lippen, als er seinem Filius den Casher hinhielt, ihn langsam an den Beckenrand zog und mit viel Mühe aus dem Pool beförderte.

Charles schrie wie wild. Erst jetzt bemerkte er den stechenden, pulsierenden Schmerz im Ohr. Es blutete immer noch. Es drehte sich alles.

Vor ihm stand seine Mutter, die Hände vor Schreck an den Wangen, die blanke Panik im Gesicht.

„Bring ihn sofort ins Krankenhaus, Adolphus!", schrie sie hysterisch. „Die Blutung muss zum Stillstand kommen, sonst verliert er sein Gehör!"

„Der hört doch schon heute nicht!", entgegnete Adolphus süffisant, zündete sich in aller Ruhe erst einmal eine Zigarette an und beobachtete, wie Margret mit einem Handtuch versuchte ihrem Sohn zu helfen und die Blutung zu stillen.

Im Krankenhaus diagnostizierten die Ärzte ein geplatztes Trommelfell, eine leichte Alkoholintoxikation und schwere Prellungen; desinfizierten das gesamte Innenohr und gaben ihm zwei Packungen Cortison-Tabletten mit.

Er hatte von dem schmerzhaften Prozedere nicht viel mitbekommen. Er war froh, irgendwie überlebt zu haben, als sich der Arzt über ihn beugte und sagte: „Man schlägt sich bei einer High School-Abschlussfeier nicht um Frauen! Man verführt sie!"

„Es wird ihm eine Lehre sein", fügte Adolphus lächelnd hinzu und legte fürsorglich eine Hand auf die Schulter seines Sprösslings.

„Wir waren ja auch mal jung und heißblütig und haben über die Strenge geschlagen."

„Oh, ja!", erinnerte sich der Arzt wehmütig, mit einem Anflug romantischer Nostalgie.

Charles Brown stand vor einer schwierigen Entscheidung. Wie sollte sein Leben weitergehen? Welche Richtung sollte er einschlagen?

Er musste sich auf das Wesentliche konzentrieren. Er packte ein wenig Proviant in seinen Rucksack, nahm sein Gewehr und machte sich auf den Weg in den Wald.

Als er die Waldgrenze erreicht, setzt er sich in das Gras auf einen Hügel, isst Brot und hartgekochte Eier und beobachtet die vorbeifahrenden Autos auf dem *Provincial Highway No.1*, wie sie mit mäßigem Tempo eine nahe gelegene Serpentine befahren. Einer nach dem anderen, in scheinbar immer gleichen Abständen wie Perlen auf einer Schnur und so, als hätten sie sich vorher abgesprochen.

Erst ein roter Chevrolet Bel Air, dann ein Oldsmobile Super 88 und ein vergammelter Pick-up mit Bauschutt auf der Ladefläche. Von weitem ist der sonore Sound eines Ford Thunderbird zu hören.

Charles äugt durch das Zielfernrohr. Ein älterer Fahrer hält das Lenkrad fest in beiden Händen, blickt entspannt auf die Straße, im Mundwinkel einen Zigarillo geklemmt.

Charles guckt sich um. Weit und breit kein anderer Wagen zu sehen. Er zielt auf den linken vorderen Weißwandreifen – ein bewegliches Ziel, trotzdem gut zu erkennen – und drückt ab!

Ein heller Knall, Reifenquietschen, schlingern - der Fahrer hat Mühe den Wagen auf der Straße zu halten, schafft es schließlich und bleibt erschrocken auf dem Seitenstreifen stehen. Nach einer Weile öffnet sich die Fahrertür zaghaft, er steigt aus und läuft verwundert um den Wagen, sieht den geplatzten Reifen, kratzt sich nachdenklich am Hinterkopf und wirft verärgert seinen Glimmstängel auf die Straße.

Charles beobachtet den ratlosen Mann noch eine ganze Weile, zündet sich dann eine Zigarette an, legt sich auf den Rücken und nimmt einen tiefen Lungenzug. Über ihm der endlose Himmel, nur ein paar Cumulus-Wolken mit ihrer glatten, horizontalen Unterseite und der weißen, bauschigen Oberseite. Ähnlich einem Blumenkohlkopf, den seine Mutter oft zum Braten machte.

In der Ferne die Kondensstreifen eines Düsenflugzeuges, vielleicht vom benachbarten *Bergstrom Airport* oder ein Flieger auf der Durchreise ins sonnige Kalifornien.

Am Himmel dreht ein Graubussard seine Runden, mit seinen kurzen, breiten Flügeln kraftvoll schlagend, gefolgt von einer majestätischen Gleitphase, in der er nach Beute Ausschau hält und ab und zu einen explosiven, ansteigenden Ruf ausstößt.

Charles kommt ins Grübeln. Was will er eigentlich? Er will weg aus dem Einflussbereich seines Vaters, der über ihn bestimmt, ihm keine Luft zum Atmen gibt und ihn beinahe umgebracht hätte. Der seine Mutter misshandelt und ihr die besten Jahre des Lebens genommen hat und gerade dabei ist, auch ihm seine Zukunft zu stehlen. Das wird er nicht zulassen!

Rascheln im Unterholz. Ein paar Meter entfernt sammelt ein Streifenhörnchen Nüsse vom Boden, ohne von ihm Notiz zu nehmen.

Er lächelt. Blickt in den Himmel und denkt nach. Was kann er besonders gut? Was bereitet ihm Freude? Er schaut nach rechts. Die Lösung liegt neben ihm im Gras! Sein Gewehr AR-15, mit dem er alles trifft, was er will. Wo er Herr über Leben und Tod ist. Der Bestimmer und nicht der Bestimmte! Und wo kann er diese Leidenschaft ausleben? Er hat letzte Woche eine Reportage über die Marines gesehen, die harte Ausbildung und die vielen Möglichkeiten seinem Vaterland zu dienen. Es hat ihm imponiert.

Klick! Die Entscheidung ist gefallen!

Er kann zwei Fliegen mit einer Klappe schlagen! Seine Leidenschaft und Freiheit durch nur eine Aktion sinnvoll miteinander verbinden. Das ist seine Berufung!

Er wird sich gleich morgen im Rekrutierungsbüro der Streitkräfte in Austin registrieren lassen und sich für den Dienst bei der Elite melden. Dem United States Marine Corps. Weg von zu Hause! Weg von Adolphus! Endlich ein eigenes Leben beginnen!

Ein Mann muss tun, was ein Mann tun muss!

Er schaut auf die Straße. Der alte Mann ist gerade damit fertig geworden das Rad zu wechseln und verstaut die Felge mit dem platten Reifen mühsam in den Kofferraum, wischt sich den Schweiß von der Stirn und beruhigt sich langsam. Er zündet sich einen Zigarillo an, setzt sich in den Wagen, startet den Motor und lässt ihn kurz aufheulen.

Charles legt an und zielt auf einen hinteren Weißbandreifen. Betätigt den Abzug. Ein schriller Knall!

Der alte Mann steigt erschrocken aus dem Wagen, schaut sich das Dilemma an und flucht wie ein Bierkutscher.

Ein Regenschauer setzt ein.

Charles packt seine Sachen zusammen, wischt sich das nasse Laub von der Hose und macht sich erleichtert auf den Weg nach Hause.

Terry Ratfield war sprachlos. Nervös. Ungehalten. Der Sniper hatte ein weiteres Mal zugeschlagen. Kein Zweifel! Gleiches Kaliber, gleicher Wald, keine sonstigen Spuren. Allerdings war sein Opfer diesmal kein Lebewesen, sondern zwei Autoreifen. Ein gutes Zeichen? Eher nicht! Denn es war ein indirekter Angriff auf die Gesundheit oder das Leben eines Menschen. Was kommt als nächstes? Die Tötung einer Person, ohne Umweg über einen Hund oder Autoreifen? Wie es sein Kollege Anderson schon vor Jahren vorausgesagt hatte und der Grund dafür war, dass er für den Fall zuständig war. Als Mordermittler, ohne Mord an einem Menschen!

Oder konnte man in der Zerstörung der Autoreifen schon den Versuch eines Tötungsdeliktes sehen? Eher nicht. Denn es wäre für den Sniper bei seiner Treffgenauigkeit ein Leichtes gewesen, den alten Mann zur Strecke zu bringen. Wie die vielen Hunde zuvor. Trotzdem tat er es nicht.

Vielleicht waren seine Befürchtungen auch übertrieben. Eine Berufskrankheit, die er bei sich und seinen Kollegen in den letzten Jahren festgestellt hatte, weil die Kriminalisten immer vom schlimmsten Szenario ausgingen und die Realitäten oft ausblendeten. Was war die Faktenlage?

Sein Kollege Callahan meinte, er sollte bei den Psychiatrien in Austin und Umgebung nachfragen, ob jemand in dieser Richtung auffällig geworden sei. Auffällig geworden? Alle in einer Psychiatrie sind auffällig geworden, sonst wären sie wohl kaum da. Callahan geht bald in den verdienten Ruhestand.

Und Kollege Johnson war der Ansicht, dass es sich nur um einen Scharfschützen vom Militär handeln konnte. Ratfield hatte nachgeforscht, allerdings hatten alle in Betracht kommenden Soldaten aus Austin und Umgebung zumindest für einen der Tattage ein Alibi und schieden somit als Verdächtige aus.

Deborah, seine Assistentin, war fest davon überzeugt, dass es sich um einen notorischen Tierquäler handeln musste. Also hat die ganze Abteilung Tage damit zugebracht alle Personen zu überprüfen, gegen die eine Anzeige oder Verurteilung wegen Tierquälerei vorlag. Mit dem Ergebnis: Tierquäler gab es viele, aber keinen, der so gut schießen konnte wie der Sniper. Bei dieser Sorte Mensch handelte es sich eher um einfach gestrickte Charaktere, die es lieber auskosteten, ein Tier über Stunden zu malträtieren und persönlich Hand anzulegen, als es einfach nur emotionslos zu erschießen und schnell von seinen Qualen zu befreien.

Doch Ratfield war sich sicher, dass er es mit einem hochintelligenten Täter zu tun hatte, weil er effizient tötete ohne verwertbare Spuren zu hinterlassen.

„Ich habe mich für das Marine Corps beworben."

Margret schaute ihren Sohn erstaunt an, während sie die Crab Cakes für das Abendessen aus dem Ofen holte.

„Sie haben mich genommen! Nächste Woche geht es nach *Parris Island* zur Grundausbildung."

Sie zog sich die Ofenhandschuhe aus und lehnte sich mit verschränkten Armen an die Arbeitsplatte.

„Weiß Adolphus schon davon?"

Er schüttelte den Kopf. „Ich werde es ihm erst kurz vor der Abreise sagen."

„So, so! Da wird sich Dein Vater sicherlich freuen", frotzelte sie, nahm ihren Sohn unbeholfen in den Arm, drückte ihn so fest sie konnte und flüsterte ihm ins Ohr: „Mach das! Ich kann es gut verstehen. Meinen Segen dafür hast Du jedenfalls. Wie lange wirst Du beim Militär sein?"

„Mindestens achtzehn Monate, möglicherweise auch länger. Es hängt von den Perspektiven ab. Vielleicht kann ich sogar eine Offiziersausbildung machen."

Sie probierte einen Crab Cake. „Dann bin ich hier ganz alleine", sagte sie traurig, während sie zufrieden kaute.

Ihm wurde plötzlich bewusst, dass er seine Mutter mit diesem Despoten alleine zurücklassen musste.

„Wir können telefonieren."

„Ja, das können wir." Sie streichelte ihm sanft über die Wangen. „Mach was Du für richtig hältst. Es ist Dein Leben!"

Sie ließ ihn nicht mit einem schlechten Gewissen gehen. Das war wichtig für ihn.

Er setzte sich auf seine Panhead, startete den Motor und fühlte, wie die Vibrationen seine Sorgen wegschüttelten und den Weg für etwas Neues freimachten.

Er fuhr den Highway 35, Richtung Chalk Ridge Park, gab Vollgas, spürte, wie der Knucklehead Motor seine letzten Reserven aktivierte und ihn bis auf 140 Stundenkilometer beschleunigte - so schnell wie niemals zuvor.

Er brüllte in den Fahrtwind: „Freiheit! Freiheit für Charles Brown!"

Als er seinem Vater am Abend vor der Abreise von seinem Vorhaben erzählte, reagierte der unwirsch und verständnislos.

„Wofür habe ich mich all die Jahre so abgerackert? Für wen habe ich das alles gemacht? Dir alles beigebracht?", brüllte er seinen Sohn aufgebracht an.

„Damit Du im Sumpf der Mittelmäßigkeit versickerst? Zwischen all den geistigen Zwergen und Halbstarken, deren Höchstleistung darin besteht im

Gänsemarsch zu marschieren und zehn Klimmzüge am Stück zu machen?

II.

Ein heller Pfeifton weckte Charles auf. Derselbe Ton, wie er ihn das letzte Mal auf dem Startblock beim Schwimmwettbewerb in der Schule gehört hatte.

Es war 5 Uhr morgens. Seine Kopfhaut juckte. Das kam von den kurz rasierten Haaren, wie sie jeder Rekrut am ersten Tag seiner Ankunft im Boot Camp verpasst bekam. Ein gleichförmiger Stoppelschnitt, der ihnen ein Teil der Individualität nahm und alle vergleichbar aussehen ließ. Auf den ersten Blick kaum voneinander zu unterscheiden, wie aus einem Ei gepellt.

Um drei Minuten nach 5 Uhr standen die Rekruten in ihren olivgrünen Unterhemden und Boxershorts Spalier, wenn der Drill Instructor mit verbissenem Blick durch die Reihen ging, provozierte, brüllte und beleidigte.

Alle hatten die Arme senkrecht nach unten hängen, die Hand zur Faust geballt, den Blick stur geradeaus, egal, was auch immer passierte. Wer sich nicht an die Regeln hielt, wurde bestraft.

„Ich bin Sergeant Williams und zuständig für Eure Grundausbildung! Ab jetzt redet Ihr nur, wenn Ihr angesprochen werdet. Und das erste und letzte Wort aus Eurem dreckigen Maul wird *Sir* sein! Habt Ihr Hackfressen das verstanden?"

„Sir! Jawohl, Sir!"

„Private Miller, über Ihren Fuß kriecht gerade eine Vogelspinne!", brüllte der Instructor den Rekruten aus so kurzer Entfernung an, dass der seinen sauren Atem spüren und riechen konnte. Aber Miller fiel nicht darauf rein. Er hielt seine Augen starr geradeaus, konnte sich dennoch ein kurzes Grinsen nicht verkneifen.

Diese Disziplinlosigkeit brachte ihm eine Strafe von zehn Liegestütze ein, die sofort unter den strengen Blicken seines Peinigers auszuführen waren.

„Private Taylor, warum ist Ihre Boxershort ausgerechnet an der Stelle feucht, wo sich Ihr Schniedel befindet? Haben Sie damit rumgespielt oder haben Sie Prostataprobleme?"

„Sir! Weder noch, Sir!"

„Wollen Sie etwa behaupten, dass ich lüge?"

„Sir! Nein, Sir!"

„Sondern?"

Schweigen.

Taylor hatte sich in eine Sackgasse manövriert. Es kostete ihn fünfzehn Liegestütze.

Die Grundausbildung im Boot Camp dauerte dreizehn Wochen. Aufgeteilt in drei Abschnitte, mit jeweils zu bestehender Prüfung.

Die ersten Tage wurden sie in der Sprache des Marine Corps unterwiesen, lernten das militärische Zeremoniell und ihre Rechte und Pflichten kennen.

Danach überprüfte man ihre körperliche Fitness. Liegestütze, Klimmzüge, Schwimmen in voller Montur,

Wald- und Hindernisläufe, Zirkeltraining sowie Messung des Blutdrucks, Pulses und des Gewichtes.

Charles bestand alle Tests ohne Probleme. Er war in einem exzellenten körperlichen Zustand.

Drei Rekruten aus seiner Gruppe fielen durch und wurden ins *Physical Conditioning Platoon* zurückgestuft, wo die Drill Instructoren ausschließlich ihre körperliche Fitness trainierten. Wer sich danach nicht entscheidend verbesserte, wurde aussortiert und nach Hause geschickt.

Dann folgten tägliche Kampfsportübungen mit gepolsterten Holzstangen, die einen Bajouttkampf simulieren sollten; Nahkampf- und Selbstverteidigungstrainings und Schulungen über Sofortmaßnahmen bei medizinischen Notfällen.

Charles fiel jeden Abend um 21 Uhr erschöpft in das schmale, unbequeme Feldbett; übersät von blauen Flecken und geplagt von schmerzhaftem Muskelkater, aber glücklich, die erste Phase der Grundausbildung bestanden zu haben.

„Ihr verweichlichten Rookies!", brüllte der Instructor. „Heute beginnt der zweite Teil Eurer Grundausbildung. Das Schießen mit Waffen aus unterschiedlicher Entfernung, auf verschiedene Ziele in mehreren Körperhaltungen, in Ruhe- und Stresssituationen! Wer hier versagt, kann vielleicht Buchhalter bei General Electric werden, aber kein US-Marine. Denn bei uns gilt das Motto: Jeder Marine ein Schütze! Ich erwarte von Euch Mut, Zähigkeit, Stärke, Loyalität, Disziplin, Respekt, Stolz, Pflichtbewusstsein und Opferbereitschaft. Hier, im Krieg und sogar auf dem Scheißhaus! Habt Ihr das verstanden, Ihr Nichtsnutze?"

„Sir! Jawohl, Sir!", hallte es von den Rookies zurück.

„Private Brown! Halten Sie das M-14 Gewehr nicht so verkrampft, sonst wird das nichts. Atmen Sie ruhig aus, visieren Sie die Mitte der Zielscheibe an und drücken Sie entschlossen ab. Wenn Sie Glück haben, treffen Sie wenigstens die Scheibe."

Sein Ausbilder stand breitbeinig neben ihm, hatte die Arme auf dem Rücken verschränkt und starrte erwartungsvoll auf das Ziel.

Charles legte das Gewehr an, zielte kurz, hielt inne und drückte ab. Volltreffer!

„Glücksschuss, Private Brown. Das ganze noch mal."

Peng!

Ein weiterer Volltreffer! Mitten in die weiße Umrandung der 10.

„Brown, haben Sie etwa irgendwelche Schießerfahrung?", brüllte der Ausbilder.

„Sir! Jawohl, Sir! Ich war einmal Bester meiner Altersklasse bei einem Schießwettbewerb in Austin.

„Sind Sie etwa ein Angeber, Private Brown?"

„Sir, nein, Sir!"

Der Ausbilder musterte ihn skeptisch, überlegte kurz und setzte sich hastig in Bewegung. „Wir verdoppeln die Entfernung. Kommen Sie!"

Charles nahm das Sturmgewehr und preschte ihm hinterher. Nach exakt hundert Schritten blieb der Ausbilder stehen und zeigte mit dem Finger auf den Boden.

„Von hier aus!"

„Das ist doch mehr als eine Verdoppelung!"

„Private Brown, Sie Arschloch! Glauben Sie ernsthaft, der Feind nimmt darauf Rücksicht, wo Sie ihn gerne stehen hätten?"

„Nein, Sir!"

„Also! Schießen Sie in Gottes Namen!"

Charles legte sich vorsichtig auf den Boden, hielt das Gewehr scheinbar regungslos, zielte und drückte ab.

Der Ausbilder schaute durch das Fernglas, setzte es erstaunt ab und schüttelte ungläubig den Kopf. Schaute noch einmal.

„Noch ein Volltreffer, Private Brown! Aus Ihnen könnte ein richtig guter Scharfschütze werden."

„Sir! Jawohl, Sir!"

Die außergewöhnlichen Schießkünste des Rekruten Brown sprachen sich schnell im Platoon herum. Seine Kameraden fragten ihn nach nützlichen Tipps, ließen sich genau erklären, wie man mit dem Sturmgewehr am besten zielt, wie man es am schnellsten zerlegt, reinigt und aufs Neue zusammenbaut.

„Den hinteren Teil des Abzugsbügels herausnehmen, in Richtung Mündung schwenken und die Abzugsgruppe nach unten und das System nach oben aus dem Schaft nehmen. Verstanden? Und jetzt alle!"

„Bist Du jetzt unser neuer Drill Instructor?", mischte sich plötzlich Robert Dell ein und stellte sich provokant vor Charles.

„Du Texas-Weichei aus der Vorstadt! Ich polier Dir die Fresse, wenn Du glaubst hier den großen Macker mimen zu können!"

Dell war der heimliche Anführer innerhalb der Ausbildungsgruppe, seitdem er die Sportprüfung als Jahrgangsbester gemeistert hatte und von allen dafür bewundert und akzeptiert wurde. 1,90 m groß, athletisch gebaut, durchtrainiert und kein Gramm Fett zu viel. Mit ernsthaften Ambitionen, einmal Baseball Profi bei den *Boston Red Sox* zu werden und von dem Private McNamara sagte, dass er nur aus Muskeln und Samensträngen besteht.

„Wenn der sein T-Shirt auszieht, hauen die Sowjets alle freiwillig ab."

Allerdings nicht Charles Brown! Er war es satt, immer wegzulaufen und hatte in den letzten Jahren schon so viel einstecken müssen, dass es jetzt darauf auch nicht mehr ankam. Er wusste, wie sich körperliche Schmerzen anfühlten und hatte keine Angst davor.

„Lass gut sein, Dell", mischte sich Private Manson mutig ein. „Charles soll uns noch mal zeigen, wie man das Gewehr am schnellsten zerlegt und reinigt. Morgen ist Prüfung."

Dell stand wie angewurzelt da, winkte dann verärgert ab und verschwand beleidigt.

Von den Rekruten bestanden alle die Schießprüfung mit mehr oder minder großem Erfolg. Charles erreichte 97 von 100 möglichen Punkten. Ein herausragendes Ergebnis, dass es seit dem Bestehen des Marine Corps erst dreimal gegeben hatte und dass ihn im Ranking der 72 Rekruten der Gruppe, von Platz 25 auf Platz 2 beförderte und ein Sonderlob des Colonels einbrachte.

„Und in der dritten und letzten Phase Eurer Grundausbildung wird sich die Spreu vom Weizen trennen! Wir werden das Wasser in Euren Ärschen zum Kochen bringen und Ihr werdet am Ende des Tages nicht mehr wissen, ob Ihr Männlein oder Weiblein seid. In drei Wochen ist Eure *Feuerprobe!* Das heißt, über zwei Tage Grenzerfahrungen – vier Stunden Schlaf pro Nacht und höchstens drei Feldrationen!"

Williams schaute in die müden Gesichter der Rekruten.

„Ich frage Euch: Seid Ihr bereit, für dieses Ziel zu leiden?"

„Ja, Sir!", hallte es zurück.

„Euch mehr zu quälen und mehr auszuhalten, als Ihr Euch das heute überhaupt vorstellen könnt?!"

„Jaaaa!", war die euphorische Antwort der Rekruten.

„Unsere Freiheit zukünftig gegen die Schlitzaugen und Bolschewisten zu verteidigen?"

„Jaaaa!"

„Und wenn es sein muss, auch mit Eurem Leben dafür zu bezahlen?"

„Jaaaa!"

Die kommenden Tage folgten schriftliche Prüfungen über militärische Verhaltens- und Dienstanweisungen, Kommunikation und Waffenkunde, sowie über die Rettung von Kameraden aus Gefahrensituationen.

Dann war endlich der Tag der Feuerprobe gekommen.

Es mussten 6 *Battle Stations* innerhalb von 48 Stunden erfolgreich durchlaufen werden.

Ein Marsch über zehn Kilometer mit voller Ausrüstung, das Überwinden eines Flusses, das Abseilen aus einem Helikopter, ein Orientierungsmarsch bei Nacht, ein Hindernisparcours, ein Verwundetentransport und als letztes der berüchtigte *Mutsprung*, bei dem die Rookies von einem zwanzig Meter hohen Turm ins Nichts sprangen und erst kurz vor dem Boden durch ein Seil abgefangen wurden.

Jeder einzelne Rekrut wurde an jeder Station von einem Ausbilder bewertet.

Zwei Rekruten schafften die Prüfung nicht. Charles erreichte schließlich Platz 7 in der Gesamtbewertung. Ein achtbares, doch für ihn keinesfalls befriedigendes Ergebnis.

„Von heute an seid Ihr Männer und kein Haufen Scheiße mehr! Denn Ihr seid Marines! Ihr gehört dieser Bruderschaft an, solange Ihr lebt. Jeder andere Marine ist Euer Bruder. Viele von Euch werden in Vietnam kämpfen. Einige werden nicht zurückkehren. Trotzdem dürft Ihr nicht vergessen: Marines sterben, dafür sind wir da! Allein das Marine Corps lebt in alle Ewigkeit! Und das heißt nichts anderes als: Ihr lebt in alle Ewigkeit!"

Der Offizier schüttelte jedem neuen Marine mit großer Geste die Hand.

„Gratuliere, Brown! Immerhin Top Ten."

Er überreichte ihm feierlich die Kappe mit dem Aufdruck *NAVY* und klopfte ihm routiniert auf die Schulter.

„Danke, Sir", entgegnete Charles, nahm seine alte Kappe mit der Beschriftung *RECRUIT* vom Kopf, schmiss sie achtlos auf den Boden und setzte sich seine neue Kopfbedeckung auf.

Der Offizier stutzte kurz. So etwas hatte er in seiner langjährigen Dienstzeit auch noch nicht erlebt! Das Eigentum und Wahrzeichen des Marine Corps einfach so gleichgültig in den Sand zu werfen! Allerdings stand jedem neuen Rekruten bei Ankunft auch eine neue Kappe zu. Man würde sie sowieso entsorgen. Vielleicht nur ein ungewöhnlicher Ausdruck von Stolz, die Grundausbildung endlich beendet zu haben und jetzt ein vollwertiger Marine zu sein.

„Sie kommen auf unseren Militärstützpunkt nach Guantanamo-Bay. Dort sind Sie für die Scharfschützenausbildung vorgesehen. Strengen Sie sich an, Brown. Ich sehe großes Potential bei Ihnen. Morgen geht es los!"

„Sir! Jawohl, Sir!"

Kuba. Karibik. Ausland. Charles war bis dahin noch nie aus den Staaten herausgekommen. Noch nicht einmal nach Kanada oder Mexiko. Und jetzt zu dieser demokratischen Enklave, mitten im Herzen des Todfeindes - der Kommunisten!

Perlweiße Traumstrände an türkisblauem, warmen Meer, gesäumt von schattenspendenden Palmen, die sich im Winde wiegen und immer gutes Wetter! Dazu die Lebensfreude und der hinreißende Charme der Einheimischen. So kannte er Kuba aus einer Fernsehserie.

Doch davon durfte er sich nicht ablenken lassen. Alles Tarnung! Der Feind lauerte am Ende des Tages überall. Da war er sich sicher.

III.

„Sie wurden uns nach Ihrer Grundausbildung für die Qualifizierung zum Scharfschützen vorgeschlagen", sagte der Offizier spöttisch und lachte kurz auf.

„Nur Parris Island ist weit weg! Hier bei uns gelten andere Regeln. Nur an diesem Ort lernen Sie, was einen guten Sniper ausmacht."

Er ging, die Arme auf dem Rücken verschränkt, durch die Reihe der 16 Teilnehmer; große Schweißflecken am Kragen des Shirts, unter den Achseln und an der Rückenpartie. An der Decke verquirlten zwei große, bunte Ventilatoren die schwülwarme Luft im Raum. Von draußen waren die Hurra-Schreie von Kameraden zu hören.

„Nicht alle von Ihnen werden diese Ausbildung meistern, weil sie nicht die Voraussetzungen dafür mitbringen und nicht zur Elite gehören."

Schweigen.

Er stellte sich vor einen Teilnehmer und starrte ihn verächtlich an.

„Wir erwarten von Ihnen, dass Sie intelligent und geduldig sind, ausgeglichen und absolut stressresistent. Im Einsatz sind Sie auf sich selber gestellt, operieren nur mit Ihrem Spotter als Beobachter zusammen, auf den Sie sich zu hundert Prozent verlassen müssen. Sie sollten jederzeit in der Lage sein, autonome Entscheidungen zu treffen, auf gefährliche Situationen zu reagieren und gleichzeitig Informationen auszuwerten."

Schweigen.

„Sie müssen imstande sein, den Feind mit einem gezielten Kopfschuss zu töten und fünf Minuten später in der Kantine einen Apple Pie mit Sahne zu essen, der vollbusigen Bedienung nachzupfeifen und sich dabei dreckige Witze zu erzählen!

Schweigen.

„Sie schießen nicht in Notwehr, sondern um den Feind auszuschalten. Wir brauchen hier keine Gutmenschen. Wir suchen Killer mit Jagdinstinkt. Ist das klar?"

„Ja, Sir!"

„Ich höre Sie nicht!"

„Sir! Jawohl, Sir", schallte es laut zurück.

Er nickte wohlwollend und ging nachdenklich durch die Reihen, einen Finger pausenlos an die Lippen tippend.

„Ich werde Sie jetzt in Zweiergruppen aufteilen. Jeweils einen Sniper und einen Spotter. Während der Ausbildung werden Sie sich abwechseln und am Ende wird sich in einer Prüfung entscheiden, wer von beiden welche Funktion erhält. Noch Fragen?"

Charles war schockiert! Spotter? Entfernung und Wind ermitteln, Click-Werte durchgeben, Trefferbeobachtung und die Umgebung im Blick haben. Dafür ist er nicht zu den Marines gegangen. Nein, danke! Für ihn kam nur die Aufgabe als Sniper in Betracht.

„…Brown und Lederman bilden ein Team."

Charles schaute sich um. Lederman winkte ihm zu. Ein 22-jähriger Sonnyboy aus Kalifornien, der sich von den anderen in der Gruppe darin unterschied, dass er ein permanentes Dauergrinsen im Gesicht und Kaugummi im Mund hatte.

Sie schüttelten sich zur Begrüßung kurz die Hände. Lederman erzählte ihm gleich seine Lebensgeschichte. Das er eigentlich aus Santa Barbara stammte, derzeit zwei Freundinnen hat; eine Nymphomanin in Austin und eine Kleptomanin in Los Angeles. Dass er nach der High School nichts mit sich anzufangen wusste und seine Eltern ihm dazu rieten, sich lieber bei den Marines zu bewerben, als den ganzen Tag nur auf dem Pazifik zu surfen und damit seine Zeit zu vergeuden. Seine Grundausbildung machte er in San Diego, wo man auch sein außergewöhnliches Talent für das Schießen entdeckt hatte und ihn hier für die Sniper-Ausbildung angemeldet hat.

„Et voilá, hier stehe ich und kann nicht anders. 93 Punkte! Gar nicht so schlecht, oder? Zigarette?"

Er hielt seinem künftigen Doppelpartner eine Schachtel Stuyvesant-Zigaretten unter die Nase. Doch Charles winkte ab. Schlecht für den Blutdruck und damit schlecht für das Schießen.

Sie losten die Belegung der Stockbetten aus. Lederman oben. Charles unten.

Um 5:30 Uhr wecken. Um 6 Uhr der obligatorische Lauf auf dem Gelände, danach Frühstück und Schießtraining in Theorie und Praxis. Jeden Tag aufs Neue. Jeden Tag das Gleiche.

„Brown! Sie müssen Ihren Puls runterbringen. Ihnen fehlt es an Ausdauer. Sind Sie etwa übergewichtig?

Charles lag am Boden, das Ziel fest im Visier. Schweiß tropfte von seiner Stirn in die Augen. Stechender Schmerz. Lederman tupfte ihm mit einem Taschentuch die Stirn trocken.

Er konzentrierte sich und drückte ab.

Der Ausbilder schaute durch den Feldstecher. „Eine Neun! Das Kommunistenschwein hätte überlebt. Da ist noch Luft nach oben."

Dann war Lederman an der Reihe. Charles gab ihm die Entfernung und Windrichtung an. Sein Partner lag ruhig und konzentriert auf dem Boden und zog den Abzug.

„Auch eine Neun, Lederman. Würden Sie nicht so viel rauchen und saufen, hätte es eine Zehn sein können!"

Der Ausbilder ging weiter.

Lederman setzte sich seine Ray-Ban Sonnenbrille auf, zündete sich eine Zigarette an und legte sich in die Sonne.

„Geht's uns nicht gut, Charles? 35 Grad, Karibik, Sonnenschein, ein laues Lüftchen, kein Feind in Sicht und wir schießen auf Pappscheiben! Jetzt fehlen uns nur noch die Señoritas und ein kühles Bier! Dann wäre das Glück perfekt." Er lachte dreckig.

Charles kam mit dem Charakter von Lederman nicht zurecht. Ihm fehlte es seiner Ansicht nach an der notwendigen Disziplin und Ernsthaftigkeit für einen Marine. Er sah alles zu locker und lebte einfach in den Tag hinein. Ging jeden Abend noch auf ein paar Drinks ins

Soldatenheim, kam spät zurück, legte sich schlafen und schnarchte die ganze Nacht so laut, als würde er einen Wald zersägen, um am nächsten Morgen wie immer fit und voller Tatendrang zu sein. Lief die Meile schneller als jeder andere, war einer der Besten bei den schriftlichen Prüfungen und seine Schießergebnisse waren ähnlich gut wie die von Charles. Sie trennte nur ein Wimpernschlag in den Bewertungen. Ein ernsthafter Konkurrent um die Position des Snipers. In drei Wochen stand die Prüfung an.

Charles drehte jeden Abend noch freiwillig seine Runden über das Gelände, ging in den Kraftraum, stählte seine Muskeln und verbesserte seine Ausdauer; verzichtete auf Coca-Cola, Süßigkeiten, Alkohol und fühlte sich so fit wie niemals zuvor. Er hatte mehrere Kilos abgenommen und war mittlerweile in der Spitzengruppe beim morgendlichen Meilenlauf zu finden.

„Aus Dir wird noch einmal eine richtige Killermaschine", prophezeite ihm Lederman, als der eines Nachts angetrunken ins Bett fiel und ihn aufgeweckt hatte.

„Du hast so etwas teuflisches in den Augen!"

In der nächsten Woche waren sie zum Wachdienst eingeteilt. Das erste Mal. Von 22 Uhr abends bis 6 Uhr morgens.

Sie fuhren mit ihrem *M422 Mighty Mite-Jeep* den Zaun des Lagers entlang, hielten alle paar hundert Meter an und suchten mit ihrem Nachtsichtgerät die Gegend ab, ohne genau zu wissen, wem sie eigentlich nachspürten.

Kubanischen Terroristen? Sowjetischen KGB-Spionen? Einheimischen Prostituierten, die ihre Liebesdienste im Lager verrichteten und dann einfach verschwanden? Oder womöglich abtrünnigen Verrätern aus den eigenen Reihen, die Geheimnisse der nationalen Sicherheit an die Kommunisten verkauften und im Gegenzug dafür ein unbeschwertes Leben auf einer Datscha in Sibirien versprochen bekommen hatten? Oder eine sorglose Existenz auf der Zuckerinsel selber, versüßt von der Zusage lebenslanger Rationen an Rum, Zigarren und der Anwesenheit lebenslustiger, vollbusiger Kubanerinnen mit glamouröser Ausstrahlung?

Die Nacht war sternenklar, nur ein paar vereinzelte Wolken am Himmel, Vollmond, kühle Luft – Zeit zum Verschnaufen. Stille. Kein Brüllen eines Ausbilders, keine Schüsse, kein Alarm, kein Schnarchen eines Kameraden, keine Hurra-Schreie. In der Ferne gedämpfte Motorengeräusche eines Frachters, die Rufe eines Kuhreihers und von Aras.

Sie schauten aufs offene Meer, konnten den Horizont sehen – ein Gefühl von Unendlichkeit. Genossen den salzigen Geruch in der Luft. Hörten den stetigen Rhythmus der Brandung, wenn die Wellen mit aller Wucht an die Felsen stießen.

„Jetzt noch ein Surfbrett, eine Flasche Michelob, eine Meerjungfrau und das Leben wäre perfekt", schwärmte Lederman, während er mit dem Feldstecher die Gegend absuchte.

Charles lachte hämisch. „Wir sind hier nicht im Urlaub, Lederman. Die Kommunisten lauern überall!"

„Sei nicht immer so verkniffen, Charles. Gönn Dir mal was. Man muss auch den Augenblick genießen können. Carpe Diem!"

Lederman sprang aus dem Jeep, legte sich relaxed auf den Boden, alle Viere von sich gestreckt, beobachtete entspannt den Vollmond und ließ die Seele baumeln.

Hass- und Neidgefühle stiegen bei Charles auf. Gegen jemanden, dem anscheinend alles in den Schoß zu fallen schien, was er sich selbst hart erarbeiten musste. Talent, Ansehen und Gelassenheit. Einem Sonnyboy, der sogar noch den Moment genießen konnte, während Charles die Ernsthaftigkeit und Angst vor der bevorstehenden Beurteilung schon ins Gesicht geschrieben war.

Er oder ich? Sniper oder Spotter? Wer würde das Rennen machen und für wen würde es nur zum Beobachter reichen?

Charles stand aufgerichtet im offenen Jeep, hielt sich mit einer Hand an der Windschutzscheibe fest, begann leicht zu zittern und beobachtete Lederman.

Bloß den schien das alles nicht zu interessieren. Er hatte mittlerweile die Augen geschlossen und döste mit einem zufriedenen Grinsen auf den Lippen vor sich hin.

Ich werde nicht zulassen, dass mir dieser kalifornische Glückspilz und Dauergrinser meine Karriere zerstört und es für mich womöglich nur zum Spotter reicht!

Er peilte die rechte Hand seines Kameraden an und sprang mit Schwung aus dem Jeep.

Ein lauter Aufschrei schallte schauderhaft durch die Nacht, als Charles mit seinem schweren Stiefel auf der rechten Hand von Lederman landete und der, wie von der Tarantel gestochen emporschnellte, sich die Hand hielt und mit schmerzverzerrtem Gesicht brüllte: „Kannst Du nicht aufpassen? Du hast mir gerade die Finger gebrochen!"

Charles fuhr seinen Kameraden sofort ins Lazarett, wo die Ärzte nach dem Röntgen Frakturen an Mittel- und Zeigefinger feststellten. Die Hand wurde einge- gipst.

Auf Nachfragen des Militärarztes gaben beide an, die Motorhaube des Jeeps sei plötzlich auf Ledermans Hand gefallen, als der gerade dabei war den Ölstand zu kontrollieren. Die Schilderung des wirklichen Gesche- hens hätte eine drakonische Strafe nach sich gezogen, womöglich sogar die Entlassung aus dem Marine Corps. Denn wer den Wachdienst nicht ernst nahm, stellte eine Gefahr für alle Kameraden und die nationale Sicherheit dar.

Charles musste die Schießprüfung wenige Tage spä- ter allein ablegen, Lederman assistierte ihm dabei als Spotter.

Er bestand die Prüfung mit 215 von 250 möglichen Punkten. Einem sehr guten Ergebnis, was ihm ein *Sharpshooter's Badge* sowie die *Marine Corps Expeditio- nary Medal* und die offizielle Ernennung zum Sniper des Marine Corps einbrachte.

Trotzdem reichte ihm das bei weitem nicht. Er fühlte sich zu Höherem berufen. Er wollte studieren, die Offi- zierslaufbahn einschlagen und seinem Vater zeigen, wozu er in der Lage war.

Er bewarb sich für ein Stipendium-Programm der US Navy und des Marine Corps mit der Absicht, ein Maschinenbaustudium an der University of Texas zu beginnen.

Bei den erforderlichen Zulassungsprüfungen erzielte er hohe Punktzahlen und das Auswahlkomitee genehmigte seine Teilnahme an einem Vorbereitungslehrgang in Maryland, wo er zunächst Kurse in Mathematik und Physik absolvieren musste, bevor er für das Studium in Austin zugelassen werden konnte.

„Wie hieß der 9. Präsident der Vereinigten Staaten?", fragte sein Vater beim Abendessen, während er selber lustlos in seinem Hirschgulasch herumstocherte.

„Henry Harrison. Amerikanischer Generalmajor und der Präsident mit der kürzesten Amtszeit!"

Adolphus schaute seinen Sohn verächtlich an und schüttelte den Kopf. „Ist klar, dass Du das weißt. Der war schließlich auch so ein armseliger Militarist. Im Gegensatz zu Euch hat der jedenfalls noch gegen die Indianer gekämpft! Und gegen wen kämpft Ihr heute? Allenfalls gegen irgendwelche Schlitzaugen, weil Ihr zu feige seid, Euch die Sowjets mal zur Brust zu nehmen. Oder wenigstens die Kubaner!" Er schüttelte den Kopf und tippte sich mit dem Zeigefinger gegen die Schläfe.

„Man muss sich das einmal vorstellen: Das Marine Corps ist auf Guantanamo-Bay stationiert und traut sich nicht einmal, die kleine Zuckerinsel von der Herrschaft der Sozialisten zu befreien. Darüber lacht die ganze Welt! Und irgendwann werden die Sowjets die Insel als Brückenkopf nutzen, als erstes Florida besetzen und sich langsam, aber sicher nach Norden und Westen vorkämpfen, bis wir alle unter dem Joch der UdSSR sind. Und als letztes streben sie die Weltherrschaft an! Scheiß Kommunistenpack!"

„Lass den Jungen in Ruhe", mischte sich Margret ein. „Er war ein halbes Jahr nicht mehr zu Hause und Du hast nichts Besseres zu tun, als ihm sinnlose Vorwürfe zu machen."

Adolphus legte das Besteck behutsam zur Seite, wischte sich den Mund mit der Stoffserviette ab und starrte seine Frau entgeistert an.

„Hör zu, Du blöde Kuh! Wenn Du ihn nicht so verzogen hättest, würde er jetzt Mathematik in Berkeley oder Princeton studieren, mit den besten Aussichten auf eine akademische Karriere an einer renommierten Universität. Was macht er jetzt? Zielt auf irgendwelche Pappkameraden und will uns das als großen Erfolg verkaufen, weil man ihm dafür ein Stück billiges Blech um den Hals gehängt hat. Ist es dass, was Du Dir für Deinen Sohn immer gewünscht hast?"

Er schnaubte vor Wut, zitterte am ganzen Körper und hatte Mühe, die Beherrschung zu behalten.

Margret schaute in eine hassverzerrte, dämonische Fratze der Gewalt. Ihr wurde übel bei dem Anblick.

Charles stand nicht der Sinn nach politischen Diskussionen mit einem unverbesserlichen, zynischen Autoritaristen. Er hatte Lust noch einmal in den Wald zu gehen, bevor er am nächsten Morgen nach Maryland abreisen würde.

Er brauchte jetzt diesen Ort der Stille, der Atempause für Körper und Seele sowie unzähliger Wunder und Kostbarkeiten. Weit weg von dem Drill beim Militär, dem Erfolgsdruck, den Beschimpfungen und Parolen seines Vaters.

Er lief und lief. Immer tiefer in den Wald. So weit wie niemals zuvor. Machte eine Pause, aß einen Donut, den ihm seine Mutter mitgegeben hatte und bewunderte die unberührte Natur. In der Ferne sah er ein paar Rehe auf einer Lichtung grasen, zu weit entfernt für einen erfolgreichen Schuss. Ein paar Meter von ihm entfernt knabberte ein Eichhörnchen an einer Nuss, schaute zwischendurch immer wieder auf und ließ sich bei seiner Arbeit nicht weiter stören.

Der Himmel zog sich zu. Es wurde schlagartig dunkel. Plötzlich grelle Adern von Blitzen, die den Gewitterhimmel durchschnitten, betäubender Lärm - ein Krachen, ein Knallen, ein dumpfes Rollen und schließlich ein tiefes Brummen. Sinnflutartiger Regen setzte ein. Charles machte sich hastig auf den Rückweg.

Als er die Haustüre öffnete war alles dunkel. Seine Eltern schliefen schon. Er nahm sich ein Bier aus dem Kühlschrank, setzte sich in den ledernen Ohrensessel, dessen alleiniges Nutzungsrecht eigentlich dem Patriarchen vorbehalten war, schnaufte tief durch und schaute sich neugierig um.

Alles war so, wie er es seit seiner Kindheit kannte. Keine gravierenden Veränderungen seitdem. Die Tageszeitung lag sorgfältig gefaltet auf dem Wohnzimmertisch, auf der Anrichte die Sammlung von in Silberrahmen gefassten Fotos wichtiger Ereignisse oder

Personen. Ein Hochzeitsfoto seiner Eltern in der Kirche, ein Einschulungsportrait von ihm selber mit prall gefüllter Schultüte. Eines, als er den Pokal für den Sieg im Schießwettbewerb stolz in die Luft hält, ein weiteres mit der Urkunde als jüngster Eagle Scout Amerikas und ein großes Familienfoto, wo er als Baby von seinen Eltern gestützt in die Kamera lacht, alle zufrieden und glücklich, der Inbegriff der amerikanischen Vorzeigefamilie.

Daneben noch Fotos von Adolphus beim Angeln und nach der Jagd, die Trophäen des Tages stolz in die Höhe reckend. Eines von Margret in der Saint Mary Cathedral mit Mitgliedern der *Catholic Charities Association*, im Hintergrund Priester Saymon mit breit aufgesetztem, theatralischem Grinsen.

An der Wand über dem Kamin hing der eingerahmte Meisterbrief seines Vaters. Urkunden für die meistverkauften Feuerwaffen in der Stadt und den besten Service im Land. Daneben Aufnahmen mit dem Gouverneur von Texas und ein ausgeschnittener Zeitungsbericht aus dem Jahr 1958, als Adolphus den kapitalsten Hirsch des Landes erlegte: Einen 16-Ender mit einem Gewicht von 239 Kilogramm und einer Schulterhöhe von 140 Zentimeter.

Charles trank einen Schluck Bier, nahm sich eine kubanische Zigarre aus dem Humidor seines Vaters und lehnte sich entspannt in den Sessel zurück. Stille! Lediglich das gleichmäßige Tacken der alten Wanduhr war zu hören, leises Schnarchen aus dem Obergeschoss. Er konnte sich nicht daran erinnern, den Raum schon einmal so friedlich und lauschig wahrgenommen zu haben.

Er trank aus und legte sich schlafen.

Am nächsten Tag nahm er den Nachtzug nach Maryland. Zwei Tage würde die Amtrak-Eisenbahn für die zweitausend Kilometer Richtung Annapolis brauchen – eine Tortur!

Seine Mutter hatte ihn mit reichlich Reiseproviant versorgt: Sandwiches, hartgekochten Eiern, Blaubeer- und Schoko-Muffins, Äpfeln, Birnen und Bananen. Auf dem Bahnsteig gab sie ihm noch einen 20 Dollar Schein und ein Buch in die Hand, drückte ihn fest an sich, bevor er in den blau-weißen Zug stieg und sein Abteil suchte. Adolphus hatte er nicht mehr gesehen. Er war schon um 6 Uhr morgens ins Geschäft gefahren.

„Inventur", entschuldigte ihn Margret.

Er winkte seiner Mutter aus dem Fenster des Abteils zu, bis sich ihre Silhouette mit dem alten Bahnhofsgebäude in der flimmernden Luft verschmolzen hatte.

Er atmete erleichtert aus und setzte sich auf seinen Platz, schloss die Augen und döste vor sich her. Hörte im Hintergrund, wie sich eine junge Frau im Abteil angeregt mit einem alten Mann über Politik unterhielt. Kuba, Vietnam, Che Guevara, Castro, Tibet, Dalai Lama, Chruschtschow – ein Potpourri an unterschiedlichen Personen und Ereignissen, die er nicht alle fehlerfrei zuordnen konnte.

Er tat sich schwer zu schlafen, räusperte sich laut.

Die junge Frau hielt inne und lächelte ihn verlegen an. Sie hatte verstanden, nahm sich eine Modezeitschrift und blätterte ziellos darin herum. Der alte Mann döste ein.

Charles richtete sich auf und schaute aus dem Fenster. Maisfelder, soweit das Auge reichte. Ab und zu unterbrochen von Weideland mit unzähligen Texas Longhorn Rindern, mit ihren weit ausladenden, nach oben gedrehten Hörnern.

Wer soll die alle essen? Bald würden sie in den großen, fabrikähnlichen Schlachthöfen der Umgebung den sicheren Tod finden und zu Rib-Eye-, T-Bone-, Porterhouse- oder Sirlon-Steaks veredelt werden, um auf den Bratrosten der amerikanischen Nation die Tradition des gemeinsamen Grillens aufrecht zu erhalten. Oder, wenn es ganz schlimm kommt, zu gleichförmigen Fleischpatties verarbeitet werden, um plärrende Kinder in einem Fast-Food-Restaurant endlich zur Ruhe zu bringen. So oder so: Kein sinnloser Tod!

Die junge Frau beobachtete ihn interessiert. Legte ihre Zeitschrift beiseite.

„Das Fleisch der Longhorns ist magerer und gesünder als das anderer Rassen. Nur ein Drittel an Rückenfett im Vergleich zu einem Angus, dafür viele ungesättigte und gesunde Fettsäuren."

„Woher wissen Sie das? Haben Sie eine Rinderfarm?"

Sie lachte und schüttelte den Kopf. „Ich bin Veterinärin im Gesundheitsamt in Harrisburg. Zu meiner größten Klientel zählen die vielen Rinderfarmer in der Umgebung. Deswegen weiß ich das."

Schweigen.

„Und Sie? Wohin fahren Sie? Was machen Sie beruflich?"

Typisch Frau! Das Herz auf der Zunge, keine Grenzen kennen und in Dingen rumschnüffeln, die niemanden etwas angehen.

„Ich fahre nach Annapolis, um an einem Vorbereitungskurs für mein Studium in Austin teilzunehmen. Ich bin Angehöriger des Marine Corps."

„Alle Achtung! So sehen also die Mitmenschen aus, die im Ernstfall unsere Freiheit gegen die Bolschewisten verteidigen! Schön, dass ich einmal eine Spezi dieser Gattung leibhaftig kennenlerne." *Pause.* „Und dann auch noch so einen netten und gutaussehenden, jungen Mann." Sie lächelte ihn herzlich an.

Habe ich da gerade einen ironischen Unterton herausgehört oder versucht sie mit mir zu flirten?

Charles musterte sie von oben bis unten. Zweifelsohne eine attraktive Frau! Lange, blonde Haare, große, blaue Augen, Sanduhrfigur und mit allem ausgestattet, was ein Männerherz höherschlagen lässt. Er schätzte sie auf Anfang Dreißig. Viel zu alt, um ein ernsthaftes Interesse an ihm zu haben.

Wahrscheinlich eine jener Aktivistinnen, die seit Neuestem die gleichen Rechte für Frauen einfordern und dafür sogar schon in einigen Städten auf die Straße gegangen sind. Über dieses Phänomen habe ich in der Zeitung gelesen. Oder vielleicht eine sowjetische Spionin, die frühzeitig mit mir anbändeln will, bevor ich als Offizier eine exponierte Stellung bei den Streitkräften habe und über geheime Informationen nationaler Tragweite verfüge. Der sowjetische Geheimdienst sucht sich bevorzugt die Marines mit dem größten Potential heraus. Das passt! Man hat uns auf Guantanamo vor dieser

Herangehensweise des KGB gewarnt! Weshalb sollte sie mich sonst so penetrant ansprechen?

Er blieb stumm und schaute teilnahmslos aus dem Fenster.

Sie schüttelte den Kopf und blätterte wie gehabt wahllos in der Zeitschrift. Der alte Mann schnarchte inzwischen wie ein Sägewerk.

Charles nahm das Buch, dass ihm seine Mutter zugesteckt hatte und begann zu lesen.

Das Unglück mit dem Arm passierte kurz vor Jems dreizehntem Geburtstag. Als der komplizierte Ellbogenbruch verheilt war und die Sorge, nie mehr Football spielen zu können, hinfällig wurde, kümmerte sich mein Bruder kaum noch um seine Behinderung…

Er schaute auf den Buchdeckel. *Wer die Nachtigall stört,* von Harper Lee.

Hatte er noch nie gehört. Er schmökerte weiter. Stundenlang. Zwischendurch nickte er immer wieder ein. Little Rock, Memphis, Nashville waren vorbeigezogen, als er früh morgens wach wurde und eine dumpfe Stimme aus dem Lautsprecher ankündigte: „Nächste Station, Knoxville! Wir haben zehn Minuten Aufenthalt."

Er lief zur Toilette, putzte sich die Zähne, wusch sich das Gesicht und benetzte es mit ein wenig Old Spice, obwohl er sich nicht rasiert hatte.

Dann ging er in den Speisewagen und bestellte sich Spiegeleier, Bacon und Toast, dazu Orangensaft und Bohnenkaffee. Der Geschmack erinnerte ihn an das Essen während seiner Grundausbildung auf Parris Island: Lieblos und fad! Kalorienreich und ungesund. Nur darauf ausgerichtet, das Hungergefühl kostengünstig zu beseitigen.

Er ging zurück in sein Abteil. Die junge Frau lächelte ihn flüchtig an, sagte aber nichts. Der ältere Mann neben ihr rauchte eine Zigarette, obwohl es verboten war. Trotzdem schien es niemanden zu stören.

Unser Land verkommt immer mehr zu einer Nation der Disziplinlosen, Ignoranten und Proleten. Überall fehlt es an der Akzeptanz von Regeln. Er war bestimmt nie beim Militär!

Er las das Buch zu Ende und schüttelte verständnislos den Kopf.

Was hat sich Mum eigentlich dabei gedacht, mir ein Buch zu schenken, dass die US-Gesellschaft, in der sie selber lebt, als dekadent anprangert und das Rechtssystem, als voreingenommen und rassistisch darstellt? Das ist es schon seit dem Jahr 1948 nicht mehr! Spätestens, seitdem Präsident Truman die Rassentrennung in den US-Streitkräften aufgehoben hat. Selbst in seiner Grundausbildung bei den Marines gab es zwei Schwarze, auch wenn es ausgerechnet die beiden waren, die von 72 Teilnehmern durch die Prüfung fielen. Jedenfalls hatten sie wenigstens die Chance wie jeder andere, es zu schaffen.

Vielleicht wurde diese Schriftstellerin auch von den Kommunisten dafür bezahlt so ein parteiisches Buch zu schreiben, um die amerikanische Gesellschaft zu spalten und Unruhe zu stiften. Wer wusste das schon?

Er schmiss das Buch achtlos in den Abfalleimer im Abteil. Mit so einer agitatorischen Lektüre konnte er sich in der Academy jedenfalls nicht blicken lassen.

Die junge Frau schaute ihn enttäuscht an und schüttelte verständnislos den Kopf. Der alte Mann wachte auf, guckte ihn mit kleinen Augen an und nickte erneut ein.

In Washington D.C. verließ Charles den Zug und nahm den Bus nach Annapolis.

Als er endlich sein Ziel erreichte, fiel er beim Anblick der Offiziersschule aus allen Wolken. Die *United States Naval Academy* bestand aus beeindruckenden Gebäudekomplexen mit großartiger, alter Architektur, umsäumt von sattgrünen, gepflegten Rasenflächen.

Der Empfang war freundlich und bestimmt. Charles gab er das Gefühl, es schon zu etwas gebracht zu haben. Die Unterbringung in einem Viermann-Schlafraum und die Verpflegung waren besser als alles, was er vom Militär bis dahin kannte und der Lehrplan ambitioniert.

Um 7 Uhr morgens waren die Vorlesungen in Navigation, Maschinenbau und Ingenieurswissenschaften in einem Hörsaal mit anderen Kadetten zusammen und am Nachmittag die Vorlesungen in Mathematik und Physik in einem kleinen Kreis.

Ab 16 Uhr durften die Absolventen in der großen Bibliothek die Hausaufgaben machen, die sich oft bis in die Nacht hinein erstreckten.

An den Wochenenden erfolgten der Sportunterricht und das Schießtraining.

„Und Sie wollen wirklich Maschinenbau in Austin studieren?", fragte ihn der Ausbilder nach dem Schießtraining.

„So was wie Sie, haben wir hier nur alle zehn Jahre! Sie könnten einem Russen das linke Ei wegschießen, während er bei einem Looping auf der Achterbahn in Magic Mountain fährt! Fantastisch!

„Sir! Jawohl, Sir!"

Charles fühlte sich rundum wohl. Die Aufgaben in Mathematik waren für ihn ein Kinderspiel und die in Physik auch nicht gerade dass, was er als Hexenwerk bezeichnen würde.

Die Kameraden waren umgänglich, man half sich untereinander, lachte viel zusammen und ging abends gemeinsam ins Casino, um Billiard zu spielen, anzugeben, der jungen Bedienung nachzupfeifen und ein paar Biere zu trinken.

Die Dozenten – entweder altgediente Offiziere oder Professoren von den umliegenden Universitäten – nahmen sich für die Studierenden Zeit, beantworteten geduldig alle Fragen und erklärten alles so lange, bis es auch der Letzte verstanden hatte.

Charles war die drei Monate in Annapolis so beschäftigt, dass er gar nicht bemerkte, wie schnell die Zeit verging. Ihm kam es noch nicht einmal in den Sinn das Gelände zu verlassen, um in das benachbarte Stadtviertel zu gehen oder einmal mit seinen Eltern zu telefonieren. Zu sehr fühlte er sich in den Tagesablauf der Academy eingebunden, zu sehr genoss er es, Teil des Ganzen zu sein und von jedem akzeptiert zu werden.

Bei der Mathematikprüfung erzielte er die Höchstpunktzahl, in Physik fehlten ihm lediglich zwei Punkte dazu.

Die Prüfungskommission lobte seinen Ehrgeiz und seine Hilfsbereitschaft, die erstklassigen Resultate beim Schießen und das beste Mathematikergebnis, dass in der Academy jemals erreicht wurde.

„Wenn Sie so weitermachen, steht einer erfolgreichen Offizierslaufbahn nichts im Weg! Wir würden uns wünschen, wir hätten mehr von Ihrer Sorte als zukünftige Führungskräfte in unseren Streitkräften: Intelligent, loyal, patriotisch und zielgerichtet. Das sind die Eigenschaften, die Sie für uns verkörpern. Die Voraussetzungen zum Studium an der Universität haben Sie jedenfalls mit Leichtigkeit erreicht", sagte der Vorsitzende der Kommission und überreichte Charles das Zeugnis sowie eine hervorragende Beurteilung.

Charles fühlte sich leer und einsam, als er Annapolis wieder verlassen musste. Ausgestoßen aus einer verschworenen Gemeinschaft und einer Welt, in der er sich zum ersten Mal als Mensch wertgeschätzt fühlte. Wo er Teil eines Ganzen sein konnte - und noch nicht eingebunden in ein neues Leben, mit größerer Freiheit und mehr Selbstverantwortung

Er machte sich schweren Herzens auf den Weg zurück nach Austin.

IV.

Dort mietete er sich ein kleines, heruntergekommenes Appartement in einem Studentenwohnheim, nahe des Campus der Universität, kaufte sich einen alten Pick-up für zweihundert Dollar und gab den Rest des Ersparten für Bücher aus, die er für das Studium brauchte.

Er war pleite. Der Scheck vom Stipendium war noch nicht eingetroffen, seine Ersparnisse aufgebraucht und sein Vater weigerte sich beharrlich, ihn finanziell zu unterstützen. Selbst die Auszahlung eines Darlehens lehnte er mit dem Hinweis ab, dass sein Sohn schließlich noch die Möglichkeit hatte zu Hause zu wohnen, anstatt sich ein von Kakerlaken verseuchtes Appartement in derselben Stadt zu mieten und das ganze Ungeziefer womöglich noch bei ihnen einschleppen könnte, käme er sie einmal besuchen.

Charles suchte sich der Not geschuldet unterbezahlte Aushilfsjobs als Verkäufer bei Walmart, als Bademeister an einem nahe gelegenen See und als Nachhilfelehrer in Mathematik. Trotzdem reichte es kaum aus, um über die Runden zu kommen. Zu teuer waren die Fachbücher und Lebenshaltungskosten in der texanischen Hauptstadt, für die er zum ersten Mal in seinem Leben selber aufkommen musste.

Er freundete sich schnell mit zwei Kommilitonen an. Ben Davis aus Connecticut und John McLomb, dessen Vater ein bekanntes Speiserestaurant in Austin hatte.

Sie saßen in den Vorlesungen nebeneinander, lernten und feierten gemeinsam. Irgendwann kam Charles auf die Idee, im Wald Rehe zu schießen und sie dann dem alten McLomb für sein Restaurant zu verkaufen. Der zögerte zunächst einige Tage, bis das Trio ihn endlich von den Vorteilen des Vorhabens überzeugen konnte.

Als er schließlich einwilligte, machten sich die Freunde sofort an die Arbeit.

Sie gingen in der Abenddämmerung in den Wald, schlichen sich an eine Gruppe grasender Rehe heran, beobachteten sie eine Weile und einigten sich auf ein Prachtexemplar mittlerer Größe.

Charles zielte auf den Kopf, denn er wollte vermeiden, dass Blutungen das spätere Ausnehmen der Beute erschweren könnte.

Konzentration. Stille. Nervenkitzel. Ben hüstelte. Die Rehe schreckten auf.

Ein Knall schallte durch den Wald. Der Kopf des Tieres explodierte förmlich – Blut spritzte in alle Richtungen. Das Reh sackte wie vom Blitz getroffen zusammen. Die anderen Wildtiere ergriffen panikartig die Flucht.

„Guter Schuss!", lobte McLomb seinen Kommilitonen, während Ben Davis, wie zur Salzsäule erstarrt, mit offenem Mund dastand und sich verlegen am Hinterkopf kratzte.

Das Geschoss hatte dem Reh den oberen Teil des Kopfes abgerissen. Rosarote Gehirnmasse war an den Baumstamm einer nahen stehenden Pappel gespritzt und lief zähflüssig den Stamm herunter.

Sie hängten das erlegte Tier zwischen zwei Bäumen an den Hinterläufen auf und Charles begann mit dem Jagdmesser zuerst den Brustkorb zu öffnen, setzte das

Messer dann mittig an die Bauchdecke an und führte es gleichmäßig bis zum Brustbein, als ihm die Innereien entgegenkamen.

„Halt fest!", rief er Ben zu, der widerwillig die Eingeweide anhob, während er angeekelt in die andere Richtung schaute.

Charles entnahm vorsichtig Uterus und Blase, warf die Blase mit beiden Händen auf den Boden – sie zerplatzte, der Urin sickerte schnell in den Waldboden. Dann nahm er den Darm heraus, schnitt an den Seiten der Bauchhöhle das Bindegewebe ab und alles fiel mit einem lauten *Platsch* auf den Boden. Danach entfernte er noch die Speise- und Luftröhre, war gerade dabei den Enddarm abzulösen, als sie in der Ferne Hundegebell hörten.

Charles schaute durch sein Fernglas und erkannte zwei berittene Uniformierte mit Hunden, die sich dem Trio schnell näherten.

„Was machen wir jetzt?", fragte Ben ängstlich.

„Nichts! Weglaufen macht keinen Sinn. Sie haben Pferde!", fluchte McLomb.

„Ich könnte ihnen die Gäule unterm Arsch wegschießen", prahlte Charles, während er die Uniformierten nicht aus den Augen ließ.

„Was ist mit den Hunden?"

Charles winkte ab. „Die sind kein Problem. Da habe ich Erfahrung. Die treffe ich immer."

Ben Davis und John McLomb schauten sich irritiert an.

Das Kläffen kam näher.

Charles war in Gedanken versunken. Er spielte die möglichen Szenarien eines Ablaufes durch.

Sechs bewegliche Ziele und sechs Schuss Munition. Er dürfte sich keinen Fehlschuss leisten. Ein schwieriges Unterfangen, selbst für einen so guten Schützen wie ihn. Und da waren auch noch seine zwei Kommilitonen. Wie würden die dann reagieren? Wahrscheinlich würden sie ihn bei der Polizei als alleinigen Täter angeben – sie hatten schließlich nicht geschossen und man könnte sie allenfalls wegen Beihilfe zur Wilderei anklagen. Schlechte Aussichten für ihn! Immerhin hatte er noch sein Jagdmesser, für alle Fälle! Doch einer der beiden könnte fliehen, während er den anderen tötet. Ben war ein guter Läufer, er müsste ihn zuerst eliminieren. Und McLomb? Der war zwar langsamer als Ben, aber wahrscheinlich genauso schnell wie er selber. Und wenn man erst mal um sein Leben rennt, kann man ungeahnte Kräfte mobilisieren! Außerdem wusste der alte McLomb Bescheid. Das Risiko ist zu hoch. Die Lage ist aussichtslos!

„Charles, was machen wir jetzt?", wiederholte Ben aufgeregt seine Frage.

„Nichts! Wir bleiben einfach hier. Oder willst Du alle erschießen?", lachte er spöttisch.

Terry Ratfield saß in seinem Büro, die Klimaanlage krächzte unter Volllast, die Fenster waren verdunkelt. Und trotzdem hatte er das Gefühl ersticken zu müssen. Die Hitze machte ihm immer mehr zu schaffen, je älter er wurde und obwohl er schon mehr als dreißig Jahre in Texas lebte.

Er stammte ursprünglich aus Bismarck, North Dakota – wenn man so will, am anderen Ende der Vereinigten Staaten, aber dennoch im Zentrum des nordamerikanischen Kontinents. Geprägt von Präriegebieten mit Badlands, wildromantischen Wald- und Seenlandschaften - ein weites, leeres Land, dass sich viel von seiner Ursprünglichkeit bewahrt hatte. Heimat der Sioux-Indianer, deren Nachfahren bis heute dort zu Hause sind. Viel Natur – wenig Kriminalität. Beeinflusst von europäischen Einwanderern: Fleißigen Deutschen, freundlichen Norwegern und hilfsbereiten Iren.

Seine Ururgroßeltern waren mit dem Versprechen der amerikanischen Regierung aus dem Schwäbischen hierhergezogen, sich eine neue Existenz mit Perspektive aufbauen zu können.

Als Schuster und Farmer arbeiteten sie hart und erfüllten sich den Traum von einer eigenen, kleinen Farm mit ein wenig Land, dass ihre Existenz sicherte und die Ausbildung der Kinder ermöglichte.

Nach einer desaströsen Rattenplage Ende des 19. Jahrhunderts, die ihre gesamte Ernte auf den Feldern vernichtete, beschloss sein Urgroßvater der Sage nach völlig betrunken, seinen Nachnamen zu amerikanisieren und sich dem Anlass entsprechend künftig Ratfield, anstatt Sülzer, zu nennen. Sülzer, ein Name, den ohnehin kein Amerikaner fehlerfrei aussprechen konnte, ohne sich die Zunge zu brechen.

Von da an ging es bergauf. Von einer kleinen Farm als Nebenerwerb zu einer größeren mit der Aufzucht von Galloway- und Angus Rindern, die unabhängig von Konjunkturschwankungen einen verlässlichen

Profit abwarfen. Noch sein Vater betrieb die Farm bis zu seinem Tod im Jahr 1938. Danach wurde sie an einen großen Fleischlieferanten aus Chicago verkauft, weil der junge Terry nicht Farmer, sondern lieber Polizist werden wollte.

Er machte eine Ausbildung zum Patrol Officer in Fargo und beschloss danach in die weite Welt zu ziehen – nach Kalifornien. Aber der Sonnenstaat wollte ihn nicht und so landete er über Umwege in Austin, Texas, dem *Lone Star State*.

Er trank einen Schluck Kaffee, grinste vor sich hin und überlegte, warum ihm die Gedanken an vergangene Zeiten immer öfter in den Sinn kamen. Es war das Alter, da war er sich sicher. Noch zwei Jahre bis zur Pensionierung. Er würde Austin verlassen. Zu groß, zu heiß, zu hektisch, zu kriminell!

Vielleicht war er in der Tiefe seines Herzens ein Kind der Prärie geblieben, der sich erst ausprobieren musste, um dann zu erkennen, was er eigentlich wollte.

Er wachte aus seinen Tagträumen auf. Vor ihm lag die Akte des Hunde-Snipers, von dem er schon lange nichts mehr gehört hatte. Aber warum lag die Akte dann auf seinem Schreibtisch? Er überlegte. Es fiel ihm wieder ein. Seine Kollegen hatten drei Wilderer in dem Waldstück erwischt, wo auch die Hunde getötet wurden.

Bloß was hatte die Erschießung von Hunden mit dem Wildfrevel an einem Reh zu tun? Eigentlich nichts! Denn die gesetzeswidrige Jagd auf Wild war in Texas nichts Außergewöhnliches – im Grunde ein Kavaliersdelikt wie woanders das Falschparken, dass sich jeden

Tag zutrug, für kein Aufsehen sorgte und mit einer Geldbuße bestraft wurde. Mal hoch, mal weniger hoch. Das hing allein von der Laune und Tierliebe des Richters ab.

Und was sollte er jetzt mit dem Vorfall anfangen? Er dachte nach, schlürfte an seinem kalten Kaffee, es fiel ihm zum Glück ein.

Gestern brachte ihm sein Kollege Anderson die Akte, knallte sie auf den Schreibtisch und meinte, einer der Wilderer sei vor vielen Jahren im engsten Kreis der Verdächtigen gewesen – ein gewisser Charles Brown. Zum Zeitpunkt der ersten Tat gerade einmal dreizehn Jahre alt und deshalb damals als Täter ausgeschieden.

Ratfield ärgerte sich. An den Tatsachen hatte sich nichts geändert. Brown wäre bei einer möglichen ersten Tat nach wie vor erst dreizehn Jahre alt gewesen. Ein Umstand, den er für bedeutend hielt und der ihn eigentlich als Täter ausschloss. Allerdings war Anderson ein Pessimist und Terrier! Er glaubte nach wie vor an seine These, dass der Sniper früher oder später auch Menschen ins Visier nehmen könnte und man deshalb allen Möglichkeiten und Spuren nachgehen müsse, klingen sie auch noch so unglaublich.

Er gähnte. Er hatte wieder einmal schlecht geschlafen wie so oft in den letzten Monaten. Bald war Feierabend und er würde sich mit einem Freund am Mueller Lake treffen, spazieren gehen, die Segelboote beobachten, sich in das italienische Restaurant mit der gutaussehenden Bedienung setzen und Spaghetti Bolognese mit Parmigiano und einem kühlen Zinfandel genießen.

Er ärgerte sich über Anderson. Ohne ihn würde es diesen Fall nicht geben, er müsste sich keine Gedanken machen und könnte unbeschwert seinen Feierabend genießen.

Er blätterte ziellos in der Akte. Viele Fotos von erschossenen Hunden, so ziemlich alle in den Kopf getroffen, blutbesudelt – kein schöner Anblick! Und Fotos eines Autos mit zerschossenen Reifen, verursacht mit einem Gewehr gleichen Kalibers in der gleichen Gegend. Zufall? Oder gab es tatsächlich einen Zusammenhang? Er wusste es nicht und es würde ihm auch nicht mehr einfallen. Es war einfach zu heiß!

Er regte sich über sich selber auf. Seine Naivität seinerzeit, den Fall nichtsahnend übernommen zu haben, weil er auf die wahnwitzige Idee von Anderson reingefallen war. Und jetzt musste er mit den Konsequenzen leben – aber höchstens noch zwei Jahre!

Er griff zum Hörer, telefonierte mit seiner Assistentin und ordnete an, diesen besagten Charles Brown für den nächsten Tag zum Verhör aufs Präsidium zu laden.

Dann verließ er genervt das Büro.

Vor ihm saß ein gepflegter, junger Mann von einundzwanzig Jahren, mit Bürstenhaarschnitt, im Anzug, weißem Hemd und Krawatte, glanzpolierten, schwarzen Schuhen und sympathischen Gesichtszügen.

So geschniegelt und gestriegelt war Terry Ratfield noch nicht einmal bei seiner eigenen Hochzeit, damals mit Mareen, die ihn vor fünf Jahren wegen eines

Musikproduzenten verlassen hatte und jetzt in Anaheim, vor den Toren von Los Angeles in Südkalifornien lebte.

Er erinnerte sich an das viele Blut auf den Bildern, die zerborstenen Schädel der Hunde, den abgeschossenen Hinterlauf… das alles passte nicht mit der Person zusammen, die ihm gerade gegenübersaß.

„Warum haben Sie mich vorgeladen?", fragte der junge Mann freundlich.

Der Kommissar erzählte ihm von den Massakern an den Hunden, den Schüssen auf die Reifen des Wagens und der ausgiebigen Recherche der Kollegen, die ihn in den Dunstkreis der Verdächtigen gebracht hatten.

„Sir, ich war zum Zeitpunkt der ersten Gräueltat noch ein Kind", entgegnete er empört und schüttelte verständnislos den Kopf.

„Ich habe mich in meinem bisherigen Leben immer für mein Land und dessen Werte eingesetzt. Als Ministrant in unserer katholischen Gemeinde, als jüngster Eagle Scout Amerikas und als Soldat bei den Marines auf Guantanamo. Meine Zeugnisse bescheinigen mir eine hohe Sozialkompetenz und ein hohes Maß an Hilfsbereitschaft gegenüber meinen Mitmenschen. Ich habe auch aus diesen Gründen ein Stipendium der Marines für ein Studium an der University of Texas erhalten. Und jetzt verdächtigen Sie mich, Tiere bestialisch getötet und auf ein Fahrzeug geschossen zu haben? Für wen halten Sie mich?"

Er hatte Recht! Mit einundzwanzig Jahren war Ratfield selber mehr in Kneipen und auf Sportplätzen zu finden als bei der Ausbildung junger Leute oder der Verteidigung des

Landes. Ihn plagte ein weiteres Mal das schlechte Gewissen,
den unrealistischen Fantasien seines Kollegen nachgegangen
zu sein. Aber wenn Brown schon einmal da war, wollte er die
Täterschaft von ihm ein für allemal ausschließen.

Ratfield winkte gelassen ab. „Routine, Mr. Brown.
Alles Routine. Doch ich muss Sie das fragen! Wo waren
Sie zum Zeitpunkt der Hundemorde?"

Er befragte den Studenten zu jedem einzelnen Tat-
tag. Allerdings lagen die meisten Verbrechen schon
viele Jahre zurück.

„Sir, ich war ein sehr guter Schüler und habe immer
viel gelernt. Zu diesen Uhrzeiten war ich mit Sicherheit
zu Hause oder in der Schule und nicht irgendwo im
Wald…und schon gar nicht mit einer Waffe, um auf Geschöpfe Gottes zu schießen. Das wurde mir von meinen
Eltern von Kindes Beinen an verboten. Ich bin Christ
und wurde römisch-katholisch erzogen. Ich durfte lediglich auf einem Schießstand herumballern, wenn
mein Vater dabei war. Und zum Zeitpunkt der anderen
Taten war ich schon beim Militär. Auf Parris Island
oder Guantanamo-Bay. Da hatte ich keinen Urlaub, wie
Sie sich vorstellen können." Brown schaute den Kommissar eindringlich an.

„Sie können es nachprüfen. Also kann ich es gar nicht
gewesen sein", antwortete er empört und verdrehte die
Augen.

„Können Sie das belegen?"

„Ich könnte nach entsprechenden Bescheinigungen
bei der Verwaltung des Marine Corps anfragen, auch
wenn mich der Anlass dafür in ein schlechtes Licht
rückt."

Ratfield zuckte gleichgültig die Schultern. Das war nicht sein Problem. Er versuchte nur den Fall zu lösen. Er erinnerte sich an den Anlass des Gesprächs.

„Aber ein Reh erschießen, es fachmännisch auszuweiden, um es dann abtransportieren zu können – das ging! Trotz Ihres christlichen Glaubens."

„Sir, das war ein schwerer Fehler von mir! Da gibt es auch nichts zu beschönigen. Dafür wurde ich verhaftet, angeklagt und zu einer empfindlichen Geldstrafe verurteilt. Zusätzlich mache ich auch noch freiwillig Sozialstunden in einem Kinderheim in Rollingwood."

Ratfield blätterte in der Akte, konnte allerdings nichts Entsprechendes finden.

„Wie gesagt, Sir. Freiwillig! Ich wurde dazu nicht verurteilt, deshalb werden Sie in den Akten auch nichts finden."

Ratfield glaubte ihm.

„Warum haben Sie gewildert, Mr. Brown?"

„Sir, ich hatte Hunger und Geldsorgen."

„Hunger?"

„Ja, Sir! Es mag Ihnen vielleicht befremdlich vorkommen, weil ich in meiner Freizeit ständig arbeitete. Aber die Studiengebühren und Bücher sind sehr teuer und da stand ich irgendwann vor der Frage: Essen oder Weiterstudieren?"

Ratfield schaute ihn verdutzt an. Wollte er ihm gerade einen Bären aufbinden oder war es in diesem reichen Land noch möglich, dass Menschen hungerten, um das Studium zu finanzieren? Er erinnerte sich an das permanente Gejammere seiner Nachbarin Frida Holmes über die unverschämt hohen Gebühren für das

Studium ihres dekadenten Sohnes, die sie sogar dazu zwangen, nur noch einmal monatlich zum Coiffeur zu gehen. Also war es möglich!

„Außerdem hat mir mein Kommilitone Ben Davis Geld versprochen, wenn ich es schaffen sollte, ein Reh aus einer bestimmten Entfernung mit nur einem Schuss zu erlegen."

„Geld?"

„Ja, Sir. Zwanzig Dollar! Viel Kohle für mich. Davon konnte ich mir ein dringend benötigtes Fachbuch kaufen, um mich auf eine Klausur vorzubereiten. Außerdem wollte ich das nicht auf mir sitzen lassen. Als Angehöriger des Marine Corps war ich gezwungen zu handeln. Unser Motto lautet: *Jeder Marine ein Schütze!*"

„Haben Sie irgendwelche Probleme?", fragte Ratfield unerwartet.

„Probleme?" *Pause.* „Ja, Sir! Die habe ich. Ich muss Miete zahlen, Bücher kaufen, meine Strafe in monatlichen Raten abstottern und irgendwann mein altes Auto reparieren lassen, an dem die Kupplung schon seit langer Zeit defekt ist. Trotzdem schaffe ich das! Ich werde noch länger im Store arbeiten, noch mehr Nachhilfe geben und noch mehr Verzicht üben."

Ratfield schaute Brown in die Augen. Ein stoischer, durch nichts aus der Ruhe zu bringender Blick begegnete ihm – kein bisschen aufgeregt, fest entschlossen seine Botschaften an den Mann zu bringen und gleichzeitig ein wenig erzürnt darüber, dass man ihm solche überflüssigen Fragen stellte.

„Nein, das meinte ich nicht. Haben Sie gesundheitliche Probleme? Psychische Probleme?" Ratfield war es peinlich danach zu fragen, doch das Protokoll für Verhöre sah es so vor.

„Nein, Sir! Nur weil ich mich für die Gesellschaft engagiere und meinem Vaterland diene, habe ich doch keine psychischen Probleme!"

Ratfield hatte das Gefühl, dass sie aneinander vorbeiredeten oder Brown ihn nicht verstehen wollte. Und das bei einem IQ von 140! Aber vielleicht lag es auch an ihm selber. Vielleicht stellte er so stümperhafte Fragen, dass es einem Hochbegabten Probleme bereitete darauf entsprechend zu antworten. Sie funkten offensichtlich auf verschiedenen Frequenzen.

„Sir, ich wurde bei der Einstellung bei den Marines körperlich und geistig umfassend untersucht. Ohne Befund, bis auf die Tatsache, dass ich sehr intelligent bin. Aber das meinen Sie wahrscheinlich nicht."

Ratfield schüttelte resigniert den Kopf. „Nein, Mr. Brown, das meinte ich nicht."

Er wollte Brown nicht irgendetwas andichten, wofür es keine Beweise gab, nur weil sein Kollege Anderson sicher war, ein Psychopath treibe seit Jahren im Wald sein Unwesen. Und jetzt ließ er sich für diese fixe Idee vor den Karren spannen. Ganz schön dumm!

„Sie können jetzt gehen, Mr. Brown. Ich habe keine Fragen mehr an Sie."

„Soll ich Ihnen die Bescheinigungen der Verwaltung des Marine Corps zukommen lassen?"

„Bescheinigungen?"

„Das ich zum Zeitpunkt der Taten auf dem Stützpunkt war. Wir sprachen vor ein paar Minuten darüber."

Ratfield stutzte kurz, dann erinnerte er sich.

„Nein, danke! Das wird nicht nötig sein. Sie werden nicht verdächtigt. Es handelte sich nur um eine Routinebefragung."

„Das habe ich mir gleich gedacht", entgegnete Charles erleichtert, stand entschlossen von seinem Stuhl auf, nahm eine Art von Grundstellung ein und reichte dem Kommissar energisch die Hand.

„Ich hoffe, Sie sind bei der Suche nach dem Täter bald erfolgreich. Ich wünsche Ihnen noch einen angenehmen Tag, Herr Kommissar!"

Ratfield schüttelte verwundert den Kopf. Brown war ein Strahlemann, wie man ihn sich als Schwiegersohn nur wünschen konnte. Gutaussehend, höfliches Auftreten, klare Vorstellungen von Recht und Moral, ehrgeizig, sozial engagiert und jederzeit bereit, für die Werte seines Vaterlandes in den Krieg zu ziehen!

Und wie war er selber in dem Alter gewesen? Er trank hastig seinen Kaffee aus, schnappte sich seine Jacke und ging lieber nach Hause, als darüber ernsthaft nachzudenken.

Charles Brown hatte sich schnell mit dem Studentenleben in Austin angefreundet.

Vormittags besuchte er die Vorlesungen in Mathematik, Statik, Werkstoffkunde oder Konstruktion und am Nachmittag ging er seinen zahlreichen Aushilfsjobs nach, um den Lebensunterhalt zu verdienen.

Manchmal traf er sich abends noch mit Kommilitonen am Mount Bonneh, um bei einer Flasche Bier die atemberaubende Aussicht auf die glitzernde Skyline von Austin zu genießen. Einige Male verabredeten sie sich auch zum Schwimmen am Barton-Springs-Pool oder Lake Travis.

Doch der erste Freitagabend im Monat war für das Tanzfest in der *Ecstasy-Tavern* reserviert, einer bei Studenten beliebten Bar auf dem Campus.

Dort lernte er auch Isabella Leissner kennen, eine 20-jährige Studentin aus Needville, einem kleinen Ort südwestlich von Houston.

Es hatte gleich bei ihm gefunkt, als sich ihre Blicke zum ersten Mal trafen, sie miteinander tanzten, sie sich, wie eine Katze an ihn schmiegte und den Kopf auf seine Schulter legte. Er wähnte sich im siebten Himmel.

Sie erzählte ihm von ihrem Biologiestudium, dem Berufswunsch, einmal als Lehrerin zu arbeiten, ihrer 82-jährigen Oma Tamara in Needville und ihrem eigenwilligen Kater Cato, der ab und zu einfach in die Wohnung pinkelte. Sie redete ununterbrochen und ohne Luft zu holen. Charles stand staunend daneben, bewunderte ihre schulterlangen, blonden Haare, ihre rehbraunen Augen, das betörende Lächeln, das nie ein Ende zu finden schien und ihren Humor, der ihn zum wiederholten Mal zum Lachen brachte. Sie küsste ihn an diesem Abend zum Abschied flüchtig auf die Wange und es fühlte sich für ihn so alltäglich an, als kenne man sich schon eine halbe Ewigkeit.

Sie verabredeten sich ein paar mal zum Picknicken im Zilker Park, lagen in der Sonne auf ihrer karierten Wolldecke, aßen die Sandwiches und Muffins, die sie selber zubereitet hatte und tranken viel zu warmen Chardonnay, den Charles extra in einer Weinhandlung in Cherrywood gekauft hatte und der ihn schon nach kurzer Zeit so beschwipst machte, dass er seinen ganzen Mut zusammennahm und versuchte sie zu küssen. Einmal, zweimal, dreimal! Trotzdem wies sie ihn jedes Mal freundlich zurück und amüsierte sich dabei köstlich.

Erst Tage später trafen sie sich erneut. Eine quälend lange Zeit, in der er wie ein wilder Tiger im Käfig in seinem kleinen Appartement auf und ab schritt, ständig in Gedanken, was er ihr als erstes sagen würde beim nächsten Treffen.

Sie saßen auf einem Kalksteinfelsen am Mount Bounell, als die Sonne gerade unterging, das goldene Licht sie verzauberte und sich im Lake Austin widerspiegelte, im Hintergrund die wie Diamanten funkelnde Skyline von Austin. Er legte sanft den Arm über ihre Schulter – sie kuschelte sich an ihn und lächelte. Sie küssten sich. Einmal, zweimal, schließlich ohne Unterlass. Sie lachten, als sie nach Hause gingen, plötzlich ein Regenschauer einsetzte und sie bis auf die Haut nass wurden. Sie ließ ihn bei sich übernachten, trotz erheblicher Bedenken wegen ihres römisch-katholischen Glaubens. Sie wurden ein Paar.

Drei Monate später kündigte er seine Wohnung wegen beharrlichen Kakerlaken-Befalls und zog mit seinen bescheidenen Habseligkeiten in ihr Appartement.

Wenig Platz und spartanisch eingerichtet. Ein Schreibtisch, ein zu kleines Bett, eine Kochnische mit zwei Herdplatten, ein Kratzbaum für den Kater. Es störte das junge Glück nicht. Sie vermissten nichts. Sie hatten sich.

Isabella kam meistens um die Mittagszeit nach Hause, fütterte den verhätschelten Kater, setzte sich an den Schreibtisch und lernte oft bis in die Nacht hinein. Sie war ehrgeizig, hatte klare Vorstellungen von ihrem Leben. Wollte das Studium möglichst schnell beenden, danach Lehrerin werden und eine Familie gründen. Vielleicht ein kleines Haus mit Garten am Stadtrand, wo die Kinder spielen konnten und der Kater ungehindert draußen streunen durfte. Nichts Besonderes. Nur ein kalkulierbares, zufriedenes Leben einer Durchschnittsfamilie in Texas führen können. Das reichte ihr schon.

Sie gewöhnte sich an Charles. An seine liebevolle und hilfsbereite Art, aber auch an seine seltenen Wutausbrüche, die plötzlich und ohne Vorwarnung kamen, wenn er sich benachteiligt fühlte oder glaubte, sie schenke ihm nicht genug Aufmerksamkeit. Manchmal beschwerte er sich, dass sie ihrem Kater Cato mehr Beachtung schenken würde als ihm. Sie nahm es nicht ernst, denn wie konnte man auf einen Kater neidisch sein?

Sie akzeptierte seine Fehler, denn einen Menschen ohne Fehler gab es nicht und eine Beziehung ohne Probleme ebenso wenig. Das wusste sie von ihrer Mutter, die ihr seit frühester Kindheit beigebracht hatte, sich in eine Gesellschaft mit einem klaren Rollenverständnis der Geschlechter einzuordnen, bei dem der Mann das

Sagen hatte und für das Einkommen sorgte, während die Frau ihn dabei unterstützte und für den Haushalt zuständig war.

Allerdings gab sie sich damit nicht zufrieden. Sie wollte eine gleichberechtigte Partnerin sein, mit guter Ausbildung und ohne finanzielle Abhängigkeiten.

Ein halbes Jahr nachdem sie sich kennengelernt hatten, machte Charles ihr einen Heiratsantrag – bei Sonnenuntergang, als sie mit einem Paddelboot über den Lady Bird Lake schipperten, er plötzlich innehielt, eine Flasche Champagner mit Gläsern hervorzauberte und sich vor sie kniete, das Boot beinahe gekentert wäre und er sie mit zittriger Stimme fragte, ob sie seine Frau werden möchte. Sie fiel ihm in die Arme und weinte. Damit hatte sie nicht gerechnet – noch nicht. In ihren jungen Jahren, ohne geregeltes Einkommen. Immerhin würde sich das bald ändern. In einem Jahr könnte sie ihr Studium beenden und Lehrerin werden. Und Charles könnte es in drei Jahren schaffen. Danach wäre es für das junge Paar möglich, sich um die Familienplanung zu kümmern. Die Aussichten waren also gar nicht so schlecht.

„Ja, ich will!", hauchte sie ihm ins Ohr.

Von diesem Zeitpunkt an plante Isabella die Hochzeit in ihrem Geburtsort Needville – in der kleinen, katholischen Holzkirche auf dem Hügel.

Ihre Eltern waren von der Wahl ihrer Tochter begeistert. Sie hatten Charles vor ein paar Wochen bei einem Besuch kennengelernt und hielten ihn für einen gutaussehenden, jungen Mann, der intelligent und ehrgeizig war – eine gute Ergänzung für ihre Tochter.

Aber vor allem freuten sie sich darüber, dass er der gleichen Glaubensgemeinschaft angehörte.

„Das werden einmal schöne Kinder", freute sich ihre Mutter. „Und sie werden wohlbehütet im richtigen Glauben erzogen werden. Unerlässlich für ein erfülltes Leben."

Als Charles zu seinen Eltern fuhr, um sie von der bevorstehenden Hochzeit mit Isabella zu informieren, war seine Mutter zu Tränen gerührt.

Sie schaute mit glänzenden Augen auf das Foto ihrer künftigen Schwiegertochter und war wie von Sinnen.

„Eine so schöne, junge Frau! Und dann auch noch katholisch! Sie mal, Adolphus."

Als sie ihrem Mann das Foto in die Hand gab, fielen Charles die vielen, dunklen Flecken auf ihren Oberarmen auf, die sie vergeblich zu verbergen versuchte.

Adolphus schaute skeptisch auf das Foto, kratzte sich kurz am Hinterkopf, während er einen Zigarillo paffte.

„Kommt sie aus gutem Haus? Was macht ihr Vater beruflich?"

„Der ist Finanzbeamter in Houston."

„Finanzbeamter?" Er lachte höhnisch. „Klingt nicht so toll! Eigentum?"

„Ein Haus in Needville."

„Kenn ich nicht. Wo liegt das?"

„Eine kleine Ortschaft mit ein paar tausend Einwohnern, etwa 20 Meilen von Houston entfernt."

„Dann ist das Grundstück nicht viel wert!" Er warf das Foto achtlos auf den Tisch. „Und die willst Du heiraten? Eine künftige Lehrerin aus bescheidenen Verhältnissen?" Er winkte ab. „Da hatte ich mir für Dich etwas anderes vorgestellt. Aber bei Dir ist sowieso Hopfen und Malz verloren."

„Wir werden am 17. August heiraten. Eurem Hochzeitstag!"

„Das ist eine wunderbare Geste von Euch", strahlte Margret. „Ich freue mich schon auf die Hochzeit!"

Beim Abendessen erzählte Adolphus großspurig von seinen Geschäften, die so gut liefen wie noch nie.

„Alle decken sich mit Waffen bei mir ein, seitdem hier immer mehr Hispanics und Schlitzaugen hinziehen. Die Gegend wird immer unsicherer. In ein paar Jahren kann man sich hier nur noch auf Spanisch unterhalten, so weit ist es schon gekommen. Dann müssen wir wegziehen! Stimmts, Margret?"

Er schaute seine Frau erwartungsvoll an.

„Wir werden sehen", antwortete sie leise.

„Es wird so kommen! Das ist sicher", brüllte er sie an.

Sie nickte uninteressiert, während sie mit gesenktem Kopf lustlos in der Kartoffelsuppe herumstocherte.

„Übrigens! Ich habe mir ein neues Repetiergewehr für die Jagd zugelegt", sagte Adolphus stolz zu seinem Sohn.

„Wenn Du möchtest, kannst Du es gleich mal ausprobieren. Aber vorsichtig, es ist noch nicht eingeschossen."

„Du hast doch schon eins", mischte sich Margret pikiert ein.

„Nein, mein Schatz! Ich habe vier Stück und das ist jetzt das fünfte! Hast Du etwas dagegen?"

„Es ist Deine Sache, was Du mit dem Geld machst."

„Was geht es Dich dann an, wieviel Repetierer ich habe?"

„Nichts!"

Er klopfte seiner Frau auf die Schulter.

„So ist es und so bleibt es. Bis das der Tod uns scheidet!" Er lachte hämisch und wendete sich seinem Sohn zu.

„Hast Du Lust es auszuprobieren?"

„Nein, danke! Vielleicht ein anderes Mal."

Drei Wochen später heirateten Charles Brown und Isabella Leissner mit katholischem Ritual in der Dorfkirche in Needville, Texas.

Er hatte ein weißes Jackett und Hemd an, mit schwarzer Fliege und Hose, blitzblank polierten Schuhen und stand stolz vor dem Priester, als er Isabella verliebt ansah und sein Ehegelübde sprach.

„Ich, Charles Brown, nehme Dich, Isabella Leissner als meine Frau. Ich verspreche Dir die Treue in guten und bösen Tagen, in Gesundheit und Krankheit. Ich will Dich lieben, achten und ehren alle Tage meines Lebens. Trage diesen Ring als Zeichen meiner Liebe und Treue."

Sie trug ein weißes Brautkleid mit Schleier und weißen Strass-Armstulpen, als sie das Eheversprechen abgab, er ihr unbeholfen den Ehering auf den Finger streifte und sie aufgeregt küsste.

Der alte Priester sprach das Segensgebet.

Amen!

Charles war glücklich. Er strahlte. Endlich hatte er eine Frau gefunden, um die er sich kümmern konnte und die ihm dabei helfen würde den richtigen Weg zu finden – weg aus dem Machtbereich seines Vaters und hin zu einem selbstbestimmten Leben.

Und Isabella freute sich auf die Zukunft. Schnell das Studium zu beenden, als Lehrerin zu arbeiten, ein heimeliges Haus zu finden und irgendwann Mutter zu werden.

Das jung vermählte Paar feierte mit den Eltern und Hochzeitsgästen bis tief in die Nacht in einem Lokal, dass Isabellas Vater angemietet hatte. Er zahlte auch für sämtliche Kost und Logis der Gäste. Eine großzügige Geste, für die er nahezu alle Ersparnisse aufbrauchte. Adolphus hielt es nicht für notwendig, sich in irgendeiner Weise an den Kosten zu beteiligen, genauso, wie er es nicht für notwendig hielt, dem jungen Paar wenigstens für eine Übergangszeit finanziell unter die Arme zu greifen. Es wäre ein Leichtes für ihn gewesen.

Dennoch lehnte er es auf das entschiedenste ab. Er war der Ansicht, dass sein Sohn sich selber in die Bredouille gebracht hatte, indem er die mittellose Tochter eines kleinen Finanzbeamten aus der Provinz zur Frau genommen hatte. Nun musste er auch mit den Folgen zurechtkommen.

Um den Lebensunterhalt zu verdienen, nahm Charles jeden Aushilfsjob an, war er auch noch so schlecht bezahlt.

Er verdingte sich als Fensterputzer, Kellner und Tankwart, gab Nachhilfeunterricht und mähte den Rasen bei gebrechlichen Rentnern aus der Nachbarschaft. Jede freie Minute nutzte er dazu die Haushaltskasse aufzubessern.

Manchmal schwänzte er auch die Vorlesungen am Morgen, wenn ihm dafür ein lukrativer Job in Aussicht gestellt wurde.

Das alles blieb nicht unbemerkt. Er bekam ein Schreiben von der Universitätsverwaltung, in dem man ihn dazu aufforderte keine Vorlesungen mehr zu versäumen und seinen Notenschnitt erheblich zu verbessern.

Kurze Zeit später erhielt er einen Brief des Marine Corps mit dem Ultimatum, bis Ende des Quartals die erforderlichen Leistungsnachweise in mehreren Fächern einzureichen, weil man sich sonst dazu gezwungen sehe, das Stipendium zu streichen und ihn wieder zum Dienst an der Waffe einzuberufen.

Er schlief kaum noch. Er lernte oder arbeitete. War unzufrieden und fühlte sich benachteiligt. Sah seine Kommilitonen an ihm vorbeiziehen, mit einem mitleidigen Lächeln im Gesicht und keineswegs mit dem Talent ausgestattet, dass er selber zu haben glaubte.

Auch Isabella schaffte alle Prüfungen ohne Probleme und sah dem Ende ihres Studiums erwartungsvoll entgegen. Und er schaffte vielleicht noch nicht einmal das Grundstudium!

Sie versuchte ihn zu trösten, auf andere Gedanken zu bringen und ihm das Gefühl zu geben, auch in schlechten Zeiten für ihn da zu sein - so, wie sie es ihm vor Gott in der Kirche versprochen hatte.

Trotzdem nahm er ihre Hilfe nicht an. War zu stolz zuzugeben, dass er in Schwierigkeiten steckte. Und es passte nicht in sein Weltbild, dass eine Frau womöglich ihren Mann unterstützen musste, damit der nicht scheiterte. Das schwache Geschlecht! So, wie ihn sein Vater immer mit Hohn und Spott überschüttete, würden es dann auch die Leute machen. Mitleidig mit dem Finger auf ihn zeigen und sagen: Das ist der Mann, der sich von seiner Frau aushalten lässt!

Er stellte sich seinen Vater vor, wie er sich vor Lachen kaum halten konnte und sich darin bestätigt sah, dass sein Sohn ein Versager ist. Nicht in der Lage, sich mit den Besten zu messen, noch nicht einmal mehr in der Lage, sich mit dem Durchschnitt zu messen – geschweige denn, eine Familie ernähren zu können, wie es jeder gewöhnliche Automechaniker oder Bäcker konnte.

Wie etwa jener Louis Adliens aus der Nachbarschaft, der nach der Mittelschule abgegangen war und seitdem als Maurer auf dem Bau malochte, seit vielen Jahren verheiratet und Vater von drei Kindern war und sich nun ein eigenes Haus am Stadtrand mit Garten, Doppelgarage und einem Pool baute und Charles mitleidig anlächelte, als man sich vor ein paar Wochen zufällig beim Klassentreffen wiedersah.

Oder Paul Gregory, ein früherer Schulfreund, der nach der Junior High School die Schule verlassen hatte, um eine Ausbildung als Versicherungsvertreter zu machen, sich mittlerweile den zweiten Sportwagen gekauft hatte und Charles zum Abschluss einer üppigen Lebensversicherung überreden wollte.

„Du musst doch Deine Frau absichern! Du hast jetzt Verantwortung. Stell Dir vor, Dir passiert etwas und Du fällst als Ernährer aus! Dann steht sie schön im Regen. Wir können uns die Provision auch teilen", zwinkerte er ihm zu und gab Charles einen aufmunternden Klaps auf die Schulter.

Ausgerechnet Paul! Einer der schlechtesten Schüler des Jahrgangs, dem er ständig in Mathematik geholfen hatte, der trotz alledem zu dumm war, auch nur die Grundlagen zu verstehen, machte ihm jetzt generöse Angebote! Wie tief war er gesunken?!

Charles war wie vor den Kopf geschlagen! Was war in den letzten Monaten bloß passiert, dass ihm so ein geistiger Prolet gut gemeinte Ratschläge gab?

Er lernte, arbeitete, lernte, arbeitete, schlief kaum noch und schaffte die erforderlichen Leistungsnachweise trotzdem nicht, weil er bei Klausuren in Baustoffkunde und Kunststofftechnik durchgefallen war.

Er rief in der Verwaltung des Marine Corps an und bat um einen Aufschub von drei Monaten, den man ihm aber verweigerte.

Man unterstütze nur Studenten, die auch in der Lage sind, ihr Studium in der vorgesehenen Zeit zu schaffen, sagte die resolute Sachbearbeiterin am Telefon. Eine Ausnahme könne man nicht machen, schließlich sei man als Marine Corps eine Eliteeinheit und nicht die

Kohorte der Roten Armee. Ein Aufschub würde auch Mehrkosten mit sich bringen und wäre deshalb Steuerverschwendung. Dann legte sie einfach auf.

Steuerverschwendung? Hatte sie wirklich dieses Wort im Zusammenhang mit ihm gebraucht? Jemandem, der sich seit Jugend an für diesen Staat eingesetzt hatte. Bei den Pfadfindern, angefangen bei den Club Scouts über die Boy Scouts bis hin zu den Ventures, hatte er allen vorgeschwärmt, in welch großartigem Staat sie lebten. Einem Staat, der niemanden zurücklässt, der Hilfe benötigt. Genauso, wie die Marines keinen Hilflosen zurückließen, der verletzt wurde.

Und er plante sein Leben diesem Staat zu opfern. Für dessen Sicherheit und Existenz zu kämpfen und wenn es sein muss, dafür auch mit dem eigenen Leben zu bezahlen. Und derselbe Staat lässt ihn jetzt einfach links liegen, weil er einen Leistungsnachweis nicht rechtzeitig erbracht hatte? Degradiert ihn zu einem Kostenfaktor, spricht sogar von Steuerverschwendung!?

Er spürte Hass in sich aufsteigen. Ein unerträgliches Gefühl der Ohnmacht und des Fallens, tief in seinem Herzen verwurzelt. Gegen das Land in dem er lebte, dessen Armee und die Gesellschaft. Aber auch gegen alle Menschen, die keine Probleme hatten und mit ihrem Leben zufrieden waren.

Wenige Tage später erhielt er ein offizielles Schreiben aus Washington, in dem ihm mitgeteilt wurde, dass sein Stipendium gestrichen sei und er sich wieder zum aktiven Dienst im Marine Corps Basislager in Lejeune, North Carolina, melden müsse.

Ein Tiefschlag! Er musste alles, was er sich bis dahin aufgebaut oder erträumt hatte, hinter sich lassen. Das Leben als Ehemann, seine Freiheiten und den Traum von einer Karriere als Offizier, den er ohne ein Studium nur schwer erreichen konnte. Alle Visionen waren, wie eine Seifenblase geplatzt – einfach so! Ohne, dass noch etwas davon übrig geblieben wäre und ohne, dass er die Gefahr rechtzeitig erkannt hätte.

Isabella versuchte ihm gut zuzureden, ihn zu trösten und das Gefühl zu geben, dass es auch wieder bessere Zeiten geben werde. Doch er vertraute ihr nicht mehr. Er spürte einen aufkommenden Groll, selbst gegen seine Frau.

Sie war unbeschwert, fröhlich, ehrgeizig, lernte viel und stand kurz vor dem Abschluss ihres Studiums. Bei ihr klappte einfach alles ohne Probleme. Da konnte man seinem Ehemann gute Ratschläge geben! Und sie würde die nächste Zeit alleine in Austin leben. Er hätte keinen Zugriff mehr auf sie, müsste ihr vertrauen und darauf hoffen, dass sie ihn nicht betrügt.

Er war verzweifelt. Hatte Schüttelfrost und heftige Kopfschmerzen, die ihn in den Wahnsinn trieben. Glaubte, die ganze Welt habe sich gegen ihn verschworen. Sah keinen Ausweg. Musste unbedingt auf andere Gedanken kommen.

Er nahm sein Gewehr, Rucksack und ein paar Utensilien und ging in den Wald. Dem einzigen Ort, wo er ungestört nachdenken konnte.

Tiefer, immer tiefer hinein. Stille, absolute Stille, wie er sie noch nie erlebt hat. Kein Bussard auf der Suche nach Beute, kein Vogelgezwitscher, kein Rascheln eines Nagers im Unterholz. Einfach nichts. Nur er und seine Gedanken.

Er setzt sich, zündet sich eine Zigarette an, zieht hektisch an dem Glimmstängel, hustet sich die Seele aus dem Leib, schnippt sie gleichgültig ins Gestrüpp, legt sich auf den Rücken, die Arme unter dem Kopf verschränkt, schaut in den wolkenlosen Himmel und schläft ein.

Als er wieder wach wird, hört er Geräusche. Stimmen, Lachen – noch weit entfernt. Er schaut durch das Fernglas und sieht ein junges, verliebtes Pärchen, Arm in Arm auf eine Lichtung zulaufen, zwischendurch innehaltend, um sich zu küssen, kurz Luft zu holen und dann weiterzumachen. An der Flanke des Mannes trottet ein kleiner, schwarz-weiß gestromter Boston Terrier, lebhaft und ungeduldig an der Leine zerrend. Das Paar bleibt stehen und schaut sich um. Der Mann lässt den Hund von der Leine und wirft einen Stock weg. Der Terrier läuft sofort hinterher und bringt das Stück Holz zurück, steht hechelnd vor dem Liebespaar, dass sich gerade leidenschaftlich küsst. Der Mann greift blindlinks nach dem Stock – einmal, zweimal – bis er ihn endlich zu fassen bekommt und schmeißt ihn im weiten Bogen fort.

Charles ergreift das Gewehr und beobachtet das Treiben durch das Zielfernrohr. Das Paar geht Arm in Arm ein Stück weiter, lacht ausgelassen und fuchtelt mit den

Armen. Er kann die Stimme der Frau hören. Fröhlich, vergnügt und sorgenfrei.

Er nimmt den Hund ins Visier, der irgendetwas auf dem Waldboden gewittert hat.

Eine Schnüffelratte, denkt Charles und zieht den Abzug.

Ein lauter Knall hallt durch die Natur.

Der Kopf des Terriers wird zur Seite geschleudert, er bricht leblos zusammen.

Die Frau läuft aufgeregt zu dem toten Hund und hebt erschrocken die Hände, während ihr Begleiter sich vergeblich nach dem Schützen umsieht.

Charles lacht gehässig.

Aus ist es mit der trauten Zweisamkeit, der Fröhlichkeit und der Knutscherei! So schnell kann es gehen!

Er schultert sein Gewehr, packt alle Sachen in den Rucksack und macht sich auf den Weg nach Hause, wo Isabella auf ihn wartet.

„Wo warst Du, Liebling? Ich habe mir schon große Sorgen gemacht."

„Im Wald. Nachdenken."

„Du sollst nicht so viel nachdenken. Das führt zu nichts." Sie küsste ihn flüchtig auf den Mund und deutete auf das Schlafzimmer.

„Hast Du die Sachen für Camp Lejeune gepackt?"

Seine Miene verfinsterte sich schlagartig.

„Willst Du mich unbedingt loswerden?"

Sie seufzte tief. „So war es nicht gemeint."

„So klang es aber!", brüllte er erbost zurück.

Terry Ratfield saß phlegmatisch in seinem Büro, nicht in der Lage, auch nur einen klaren Gedanken zu fassen. Das Hemd klebte ihm am Körper, er war nass geschwitzt. Die Klimaanlage hatte ihren Geist aufgegeben. Nach über zwanzig Jahren zuverlässiger Verrichtung ihres Dienstes. Der Techniker wollte eigentlich schon gestern vorbeigekommen sein, aber auf die Handwerker war einfach kein Verlass mehr. Er wartete zu Hause auch schon seit einer Woche auf den Klempner, einem Mexikaner namens Francisco, dessen Lieblingswort am Telefon *Mañana* war, jeden Tag aufs Neue. Eine zukunftsorientierte Einstellung!

Er ärgerte sich. Vordergründig über die unzuverlässigen Handwerker, in Wahrheit jedoch über die Akte des Hunde-Snipers, die auf seinem Schreibtisch lag, aufgeschlagen und einen Bericht und viele Fotos umfangreicher als noch gestern.

Der Unbekannte hatte also wieder einmal zugeschlagen. In gewohnter Art und Weise. Diesmal hatte es einen Boston Terrier erwischt. Kopfschuss! Ein Teil der Schädeldecke fehlte und legte das getroffene Gehirn offen. Seine Wallnussform war nur noch zu erahnen. Die Zunge des Hundes hing an einer Seite aus dem Maul, in voller Pracht und zartrosa - viel länger, als es Ratfield jemals für möglich gehalten hätte.

Er wischte sich den Schweiß von der Stirn.

Warum konnte die Besitzerin das Tier nicht einfach irgendwo verscharren, wie sie es auch getan hätte, wenn der Terrier eines natürlichen Todes gestorben wäre? Einfach unter die Erde und gut ist!

Aber nein, die Hundehalterin, eine gewisse Larissa Teherna, hatte nichts Besseres zu tun, als die gesamte Abteilung aufzumischen, während sie den Vorfall zu Protokoll gab.

„Die haben meinen Brutus einfach erschossen! Kaltblütig und ohne, dass er jemandem etwas getan hätte. Er war doch so jung und hatte das ganze Hundeleben noch vor sich!"

Sie hatte das ganze Präsidium zusammengeplärrt, war kaum noch zu beruhigen, drohte erst mit Suizid, später mit der Einschaltung der Boulevard Presse und Staatsanwaltschaft, wenn man ihr nicht versprechen könnte, den Meuchelmörder von Brutus zu finden und lebenslang ins Zuchthaus zu sperren.

„Zuchthaus ist noch zu gut für ihn. Er hätte eigentlich den elektrischen Stuhl verdient! Abgesehen davon, bin ich aus humanitären Gründen gegen die Todesstrafe", brüllte sie den Beamten entschlossen entgegen. Die schauten sich verwundert an.

Ratfield schüttelte den Kopf und nahm sich einen Becher Wasser aus dem Spender.

Wie kann man einen so kleinen Vierbeiner nur Brutus nennen? Nach einer Figur, die Caesar kaltblütig ermordete und sich dann noch darüber wundern, dass ihm gleiches widerfährt. Caesar hätte in diesem Fall besser gepasst als Brutus, dem Inbegriff von Größe, Stärke und Brutalität.

Er legte das Foto zurück zu den Akten.

Immerhin hatte der Täter diesmal eine Spur zurückgelassen: Eine angerauchte Chesterfield Zigarette, die seine Kollegen am Ort der Schussabgabe gesichert hatten.

Der Sniper war also Raucher dieser Zigarettenmarke, was nach dem Ausschlussprinzip automatisch alle Nichtraucher von der Täterschaft ausschloss. Ansonsten keine brauchbaren Beweise. Keine Fußspuren, weil der Boden zu sandig war, keine Patronenhülse, noch nicht einmal ein achtlos weggeworfenes Kaugummi oder Bonbon.

Ratfield ging zum Fenster und öffnete es einen Spalt breit. Ein Schwall schwülwarmer Luft blies ihm entgegen und brannte in den Augen.

Von der benachbarten Nueces Street drang der Lärm bis in den 5. Stock seines Büros hoch. Autohupen, Sirengeheul und kreischende Motoren von ungeduldigen Autofahrern, vermischt mit dem warmen, wohltuenden Akkord der Kirchenglocke der angrenzenden St. Martin Lutheran Church.

An einer Baustelle versuchte ein Arbeiter mit Schutzbrille, Handschuhen und Gehörschutz ein Stück Metall mit einem Trennschleifer abzuflexen. Ein dicker, durchgängiger Funkenstrahl schoss an ihm vorbei. Auf dem Boden ein großer, roter Feuerlöscher. Ein unmenschliches Unterfangen bei 38 Grad Celsius! Ratfield kam alleine vom zusehen noch mehr ins Schwitzen. Geräusche, wie beim Bohren eines kariösen Zahns. Er erinnerte sich an seinen Zahnarzttermin in drei Wochen bei Dr. Rutherford, einem einfühlsamen und freundlichen älteren Herrn, den er schon ein paar mal in der Kneipe im Beisein junger Teenager getroffen hatte, deren Alter er lieber nicht wissen wollte.

Er schloss das Fenster. Stille. Nur das Brummen des alten Deckenventilators war zu hören, der die schwül-heiße Luft im Raum gleichmäßig mit dem kalten Ziga-rettenrauch zu einer undefinierbaren Dunstglocke durchmischte.

In zwei Jahren würde er am Devils Lake Forellen fi-schen, Seeadler beobachten und abends bei einem Bier den Sonnenuntergang genießen. Aber noch war es nicht so weit. Noch lief irgendwo da draußen ein Geistesge-störter herum, der ihm seine Vorfreude auf die Pensio-nierung verderben wollte. Er hatte schon gehofft, die Sache hätte sich von selber erledigt, nachdem er längere Zeit nichts mehr von dem Sniper gehört hatte. Und jetzt dieser verdammte Boston Terrier. Brutus! Warum hat ihn seine Besitzerin nicht einfach vergraben?!

V.

„Lance Corporal Brown, was machen Sie hier?"

„Sir, ich wurde wieder zum aktiven Dienst einberu-fen."

„Warum, Brown?"

„Sir, weil ich die Voraussetzungen für das Stipen-dium nicht mehr erfüllt habe."

„Warum, Brown?"

„Sir, weil ich durch eine Prüfung im Studium gefal-len bin."

„Warum sind Sie durch die Prüfung gefallen?"

„Weil ich mich nicht auf mein Studium konzentriert habe, sondern zu viele Nebenjobs hatte. Ich bin verheiratet, Sir."

Der Colonel schaute kurz auf, winkte verächtlich ab und blätterte lustlos in der Personalakte herum.

„Sie haben sich Ihre Karriere versaut, Brown! Ist Ihnen das klar? Alles gute Beurteilungen, sogar mehrere Auszeichnungen, einen IQ von 140!" Er schüttelte den Kopf. „Und dann schaffen Sie so ein lächerliches Maschinenbaustudium nicht? Wollen Sie mich verarschen?"

„Sir! Nein, Sir!"

Schweigen.

„Was wollen Sie denn in der verbleibenden Zeit im Marine Corps erreichen? Was sollen wir mit Ihnen machen? Ich habe eigentlich keine Verwendung mehr für Sie."

„Sir, ich werde weiterhin versuchen die Voraussetzungen für die Offizierslaufbahn zu erfüllen."

„Das können Sie vergessen!", brüllte ihn der Colonel genervt an.

„Sie hatten Ihre Chance und haben Sie nicht genutzt. Das Einzige, was Sie anscheinend wirklich können, ist Schießen! Also werden wir weiter an Ihren Fähigkeiten als Scharfschützen feilen." Er lachte höhnisch.

„Man dient seinem Land auch dadurch, dass man einen Kommunisten durch einen Treffer zwischen die Augen gezielt erlegen kann. Oder sehen Sie das anders, Lance Corporal?"

„Sir, ich wollte unbedingt eine Karriere als Offizier machen und…"

„Ersparen Sie mir Ihr Zeter und Mordio! Ich wollte auch schon viel!", brüllte der Colonel. „Sie haben es versaut, Brown! Und daran ist nicht das Marine Corps schuld. Ist das klar?"

„Sir! Jawohl, Sir!"

Eine Apokalypse für Charles Brown! Er hatte eigentlich damit gerechnet in Camp Lejeune eine zweite Chance zu bekommen. In gewisser Weise auf dem zweiten Bildungsweg oder auf Bewährung, zur Offiziersausbildung zugelassen zu werden, so, wie es nahezu jedem Straftäter bei seinem ersten Vergehen zustand. Trotzdem gab man ihm diese Chance nicht.

Er würde als Lance Corporal aus dem Militär ausscheiden, so viel schien klar. Dem zweitniedrigsten Rang bei den Marines. Nach einer Dienstzeit von fünf Jahren! Eine Blamage für ihn! Was würde sein Vater dazu sagen? Seine Schwiegereltern? Isabella? Er wollte es sich gar nicht vorstellen. Diese Demütigung würde ihn sein restliches Leben verfolgen.

Er hasste das Marine Corps dafür. Aber er hasste auch die Vereinigten Staaten. Und seinen Vater, der ihn zu dieser Entscheidung getrieben hat und für den von Anfang an klar war, dass Charles ein Versager ist. Er verspürte auch einen gewissen Groll gegen Isabella. Warum hatte sie es zugelassen, dass er so viele Aushilfsjobs machte und sein Studium vernachlässigte? Seine Schwiegereltern hatten ihnen sogar finanzielle Unterstützung angeboten, doch Charles hatte abgelehnt. Zu stolz! Er war das Familienoberhaupt und er musste sich allein um die finanziellen Angelegenheiten kümmern. Aber schon bald würde Isabella das Studium beenden, als Lehrerin arbeiten und mehr verdienen als ihr Mann.

Er würde dann irgendwo auf dem Schießplatz im Schlamm liegen, möglichst zwischen die imaginären Augen eines Pappkameraden schießen und müsste sich von jedem Pimpelhuber anbrüllen lassen.

So hatte er sich sein weiteres Leben nicht vorgestellt!

„Mensch, Brown! Was ist denn mit Ihnen los?", brüllte ihn der Ausbilder beim Schießtraining an.

„Sie haben ein Scharfschützenabzeichen! Früher haben neun von zehn Schüsse ins Schwarze getroffen und jetzt kann man froh sein, wenn Sie die Acht treffen! Haben Sie was an den Augen?"

„Nein, Sir! Ich habe Kopfschmerzen."

„Kopfschmerzen? Haben Sie vielleicht Ihre Tage, Brown?"

Charles litt seit mehreren Wochen unter Kopfschmerzen in seiner linken Kopfhälfte. Ein hämmernder, pulsierender, stechender Schmerz - oft begleitet von Übelkeit, Licht- und Lärmempfindlichkeit, Reizbarkeit.

Ein Militärarzt hatte ihm Tabletten verschrieben. Erst niedrig, später hoch dosiert. Die Kopfschmerzen verschwanden für eine Weile und kamen dann erneut zurück. Heftiger als vorher! Der Arzt meinte, mehr könne man nicht dagegen machen. Meistens verschwinden sie irgendwann wie von Geisterhand, ohne dass man jemals die Ursache dafür herausgefunden hätte.

Den Alltagstrott in Camp Lejeune nahm Charles als eine Anhäufung sinnloser Tätigkeiten wahr.

Schießtraining, Sport, Waffenkunde, Navigation und Staatsbürgerkunde; es gab keinen Unterricht mehr, für den er sich interessierte. Er war für ihn von keinem Nutzen. Ob er bei Tests gute Noten erzielte oder nicht, spielte keine Rolle. Es ging nur noch darum, die Zeit bis zu seiner Entlassung möglichst kurzweilig zu gestalten.

Er beschäftigte sich mit anderen Sachen. Ging mit den Kameraden abends in Bars, prügelte sich und trank zu viel Alkohol. Verlieh kleinere Geldbeträge zu Wucherzinsen an seine Stubengenossen und trieb das Geld später gnadenlos wieder ein. Wer mit der Rückzahlung in Verzug geriet, wurde bestraft. Oft durch Gewalt, skrupellos und ohne mit der Wimper zu zucken.

Man fürchtete ihn. Seine brutale, eiskalte und hemmungslose Art die Dinge in seinem Sinn zu regeln. Man mied ihn, tuschelte hinter vorgehaltener Hand über ihn. Er wurde bei der Militärpolizei angeschwärzt und erhielt einen Tadel, versuchte herauszufinden, wer ihn denunziert hatte - allerdings ohne Erfolg.

Isabella kam ihn einige Male besuchen. Frohgelaunt und optimistisch. Erzählte ihm über ihre bestandene Prüfung, ihre Anstellung als Biologielehrerin an einer High School in Austin, der schwierigen Suche nach einer größeren Wohnung und der plötzlichen Demenz-Erkrankung ihrer Mutter.

„Wenn Du in einem Jahr bei den Marines entlassen wirst, bist Du immer noch jung genug ein Studium in Austin zu beginnen. Etwas, was Dich wirklich interessiert und wo Du Deine Fähigkeiten voll entfalten kannst. Schließlich verdiene ich jetzt genug, um uns beide eine Zeitlang über Wasser zu halten", sagte sie stolz und gab ihm gönnerhaft einen Kuss.

Er dachte darüber nach. Seine Frau würde ihn alimentieren. Das kannte er bisher nur aus dem Fernsehen von irgendwelchen Alkoholikern oder anderen Nichtsnutzen. Er würde ausgelacht werden von seinen Eltern, Schwiegereltern, Nachbarn und Kommilitonen. Man würde ihn für einen Versager halten, einen Schmarotzer, der sich auf Kosten seiner Ehefrau ein schönes Leben als Student macht.

Abgesehen davon, war es vielleicht seine allerletzte Chance, nicht in der breiten Masse der Bedeutungslosen und Unwichtigen unterzugehen. Dafür war er nicht geschaffen als jemand mit scharfem Verstand und einem IQ von 140 – offensichtlich zu intelligent, als dass ihn seine Mitmenschen verstehen könnten.

Aber warum sollte er erst in einem Jahr aus dem Militär ausscheiden? Vergeudete Zeit!

„Bimbo, ich krieg noch dreißig Dollar Rückzahlung und zwanzig Dollar Zinsen von Dir!"

Louis Atkins, ein junger, afroamerikanischer Rekrut aus Alabama, drehte sich überrascht um, während er das Bettlacken seines Feldbettes glattzog.

„Nächste Woche, Charles."

„Ich brauch es trotzdem jetzt. Sofort!"

„Du bekommst es nächste Woche, wie vereinbart."

„Darauf kann ich nicht warten. Her mit der Kohle!"

Atkins hörte auf das Bett zu machen und ging zu Charles.

„Wie stellst Du Dir das vor? Ich habe das Geld derzeit nicht. Aber nächste Woche habe ich es. Bestimmt!"

„Du willst mich bescheißen! Stimmts? Du elender Baumwollpflücker. Du weißt wohl nicht, mit wem Du Dich gerade anlegst?"

Atkins schaute in ein Wutgesicht, mit eiskalten, verengten Augen und zusammengepressten Lippen. Er glaubte, einen Fremden vor sich zu haben.

„Charles, ich weiß, dass Du hier der Stubenälteste und Boss bist und ich will keinen Ärger mit Dir. Trotzdem kann ich Dir das Geld jetzt nicht geben, weil ich es nicht habe."

Er zuckte noch unschuldig mit den Schultern, als ihn ein Schlag mitten ins Gesicht traf, er nach hinten an den Spind taumelte und auf den Boden fiel. Sein Kopf dröhnte und ihm war speiübel.

Charles sprang auf ihn zu, packte ihn am Kragen und zog ihn mit einer Hand hoch. Er grinste Atkins verächtlich an, als er ein weiteres Mal zuschlug – diesmal mitten auf den Zinken. Es knackte! Atkins fiel erneut zu Boden und hielt sich die Nase. Alles blutig! Seine Hände, der Kampfanzug, die Türe des Spinds. Auf dem Boden ovale Blutspritzer. Der Getroffene schnappte nach Luft und röchelte wie ein Hundertjähriger kurz vor dem Ableben.

Charles ließ ihn liegen, wusch sich die Hände und verschwand. Er hatte noch eine Lehrveranstaltung in Staatsbürgerkunde.

Mitten während der Vorlesung wurde er vor die Tür gerufen, von zwei Militärpolizisten festgenommen und in den Zellentrakt gebracht. Auf ihn wartete ein Verfahren wegen Körperverletzung vor dem Militärtribunal.

Er hoffte auf die vorzeitige Entlassung von den Marines – ob ehrenhaft oder nicht, spielte für ihn keine Rolle mehr. Zu sehr hasste er diese Institution, fühlte sich von ihr ausgenutzt, benachteiligt und der Freiheit beraubt.

Zwei Tage später fand der Prozess in Camp Lejeune statt.

Den Vorsitz hatte Peter McLester, ein kurz vor der Pensionierung stehender Major alter Schule, den Charles vom Schießtraining kannte.

„Lance Corporal, Brown! Was haben Sie zu Ihrer Verteidigung zu sagen?"

Charles schaute den Vorsitzenden erstaunt an, schüttelte den Kopf und zuckte ratlos die Schultern.

„Nichts!"

„Nichts? Hat Private Atkins Sie irgendwie provoziert, vielleicht beleidigt oder sich nicht so in die Gemeinschaft eingefügt, wie es sich für einen ordentlichen Marine gehört? Sie scheinen der Boss der Stube zu sein und haben Belobigungen bekommen, da würde es mich nicht verwundern, wenn Sie der Geltung der Prinzipien des Marine Corps Nachdruck verleihen wollten – wenn auch mit fragwürdigen Methoden."

Aber Charles Brown ging nicht über diese goldene Brücke. Er hatte nichts zu seiner Verteidigung vorzubringen und wurde zu dreißig Tagen Haft und neunzig

Tagen Zwangsarbeit im Lazarett verurteilt. Außerdem wurde er vom *Lance Corporal* zum *Private* zurückgestuft, dem niedrigsten Rang bei den Marines, der eigentlich nur den Rookies vorbehalten war.

Eine Entlassung aus dem Militärdienst wurde nicht ausgesprochen.

Er hatte einmal mehr nicht das erreicht, was er eigentlich wollte. Selbst hier hatte er versagt.

In der Haft begann er seine Gedanken in ein Tagebuch aufzuschreiben. Seine tiefe Verachtung für das Corps und alle Repräsentanten des Staates, den Hass gegen Adolphus und die Zuneigung zu seiner Frau, die ihn manchmal eifersüchtig und neidisch machte, wenn sie zusammen waren. Dann bekam er wieder diese fürchterlichen Kopfschmerzen.

Während seines Frondienstes im Lazarett wurden ihm alle Arbeiten überlassen, für die sich die anderen zu schade waren. Er wechselte die Bettpfannen der Kranken und Verwundeten, wusch die Bettlägerigen, reinigte das Klosett und wischte die Flure auf Hochglanz. Je nach Bedarf und immer auf Zuruf.

Es war ihm egal geworden. Man konnte ihn nicht weiter demütigen. Er war schon ganz unten angekommen.

Während der restlichen Monate im Camp hatte er noch zweimal Heimaturlaub. Er reiste zu Isabella nach Austin und sie suchten gemeinsam nach einer neuen Wohnung, fanden ein 3-Zimmer Appartement in der

Otorf-Street nahe der Universität, gingen abends essen oder ins Kino und liebten sich leidenschaftlich.

Sie hatte sich extra ein paar Tage frei genommen, erzählte ihm von ihrem stressigen Job, den zeitaufwendigen Vorbereitungen für den Unterricht und den frechen Schülern, deren Manieren oft zu wünschen übrig ließen.

Sie schmiedeten Zukunftspläne. Charles hatte sich dazu entschieden, nach seiner Entlassung aus dem Marine Corps ein Architekturstudium an der Universität in Austin zu beginnen. Sie unterstützte die Idee. Lobte ihn dafür.

Er bestand alle Zulassungstests, kaufte sich Fachbücher und verbrachte die verbleibende Zeit in Camp Lejeune mit der Lektüre von Baustatik, Tragwerkslehre und Stahlbau.

Einmal besuchte er auch seine Eltern. Charles fuhr der Schrecken in die Glieder. Margret war alt geworden, seitdem er sie das letzte Mal gesehen hatte. Eine fahle Gesichtsfarbe, tiefe Falten im Gesicht und graue Haare. Sie trug einen dicken Gipsverband am rechten Arm. Erzählte ihm das Märchen, sie sei beim Wischen der Treppe ausgerutscht und so unglücklich gefallen, dass sie sich die Speiche und Elle gebrochen habe.

Er berichtete ihr von seinem Vorhaben, nach seiner Militärzeit in Austin zu studieren, von der neuen Wohnung und den Erfolgen ihrer Schwiegertochter als Lehrerin. Sie freute sich, ihren Sohn in Zukunft öfter zu sehen, mit ihm sprechen zu können und noch einmal für ihn da zu sein.

Sein Vater prahlte von dem gut laufenden Business und seiner Absicht, dass viele Geld vielleicht in ein drittes Geschäft außerhalb der Stadt zu investieren.

„Die Leute kaufen Waffen, als gäbe es kein Morgen mehr. Vor allem in Stadtvierteln, wo sich die Hispanics, wie ein Krebsgeschwür ausbreiten, geht die Angst bei den Weißen um, dass es demnächst zu einem Bürgerkrieg kommen könnte, sie auf offener Straße überfallen werden oder bei ihnen zu Hause eingebrochen wird."

Er lachte aus vollem Hals und schlug sich vor Freude auf die Oberschenkel.

„Ich kann gar nicht so viel nachordern, wie ich verkaufen könnte."

Von den Zukunftsplänen seines Sohnes hielt er nichts.

„Was willst Du später mit einem Architekturstudium machen? Irgendwelchen reichen Schnöseln ihre Villen bauen? Überlegen, ob eine einfache oder Doppelgarage mehr Sinn macht oder ob man Fichtenholz, Ahorn oder Buche für den Hausbau nimmt? Ob ein weißes oder beiges Klosett die richtige Wahl ist, um die Exkremente unserer morbiden Gesellschaft runterzuspülen?" Er schüttelte den Kopf.

„Mit so einem Unsinn möchtest Du Dein Leben verplempern?" Er winkte höhnisch ab.

„Abgesehen davon, schaffst Du das sowieso nicht! Du hättest Dir eine reiche Frau suchen sollen, die Dich ein Leben lang mit durchzieht und nicht die Tochter eines proletarischen Finanzbeamten aus dem Hinterland."

Er nahm einen kräftigen Schluck Bier, rülpste kurz, wischte sich den Mund mit seinem Hemdärmel ab und zeigte auf Margret.

„Deine Mutter, die hat es richtig gemacht! Brauchte noch nie in ihrem Leben arbeiten, lässt sich aushalten und wartet jeden Monat darauf, dass sie pünktlich Haushaltsgeld bekommt, von dem sie sich wie gehabt unnütze Kleider, Haarspray oder teure Bingo-Abende leisten kann." Er zeigte mit dem Finger auf seine Brust.

„Und nur, weil sie das große Glück hatte mich zu heiraten. Wie ein Sechser im Lotto! Mit Zusatzzahl!"

Als Charles nach Hause fuhr, hatte Margret Tränen in den Augen. Er nahm sie in den Arm und spürte erst jetzt, wie klein und zerbrechlich sie geworden war. Sie tat ihm leid.

„Wir sehen uns bald wieder", sagte sie mit einem gequälten Lächeln auf den Lippen.

„Ja, das werden wir bestimmt!"

Die letzten Wochen im Camp zogen sich endlos hin. Jeden Tag derselbe Trott. Keine Abwechslung. Vergeudete Zeit.

Wecken, Gymnastik, Duschen, Frühstück und dann Unterricht in Fächern, die Charles nicht mehr interessierten.

Am Nachmittag war er auf dem Schießplatz zu finden.

Er lag auf dem Boden, atmete gleichmäßig und zielte mit seinem Scharfschützengewehr auf die dreihundert Meter entfernte Zielscheibe.

Ein Schuss in die Neun. Ein zweiter in die Acht.

„Das konntest Du früher viel besser!", sagte plötzlich eine Stimme hinter ihm. „Dir fehlt der richtige Spotter."

Charles drehte sich um. Hinter ihm stand ein Soldat in Kampfuniform, mit Ray-Ban Sonnenbrille und einer Zigarette im Mundwinkel, die Schulterklappen eines Second Lieutenant und grinste ihn frech an.

Charles grübelte. Der Habitus des Mannes kam ihm bekannt vor.

Der Lieutenant bückte sich zu ihm herunter, nahm die Sonnenbrille ab und schnippte die Zigarette lässig weg.

Charles erschrak! Es war Lederman, sein ehemaliger Spotter! Der Sonnyboy aus Kalifornien mit der zweifelhaften Einstellung zu seinem Beruf, der ihn jetzt mitleidig anschaute und sagte: „Ich hätte alles Mögliche erwartet, aber nicht, Dich nach so vielen Jahren bei den Marines nur im Rang eines Private auf einem Schießplatz in Maryland zu treffen. Ich dachte bis vorhin noch, das geht gar nicht!"

Sie verabredeten sich für den Abend in einer Bar in Surf City.

Charles erzählte von seinem Pech bei den Marines und Lederman von seiner makellosen Karriere, die er bis dahin gemacht hatte.

„Meine Schießprüfung habe ich drei Monate nach Dir mit Auszeichnung bestanden. So lang hat es gedauert, bis die Fingerbrüche endlich einigermaßen verheilt waren. Dann habe ich mich wegen der besseren Surfmöglichkeiten für den Offizierslehrgang in San

Diego angemeldet, alles bestanden und voilá! Hier stehe ich im Rang eines Second Lieutenants und kann nicht anders!" Er lachte laut, bestellte noch zwei Biere und pfiff der Bedienung gut gelaunt hinterher.

„Das Camp ist für mich nur eine Zwischenstation. Ich bleibe hier für drei Monate als Ausbilder und mache dann die große Flatter."

Er zeigte mit dem Arm Richtung Osten.

„Nach Europa. Deutschland. Air Base Ramstein."

„Zu den Krauts?"

Er nickte. „Meine Urgroßeltern kommen ursprünglich aus der Nähe von Köln. Ich schaue mir das alles an und dann mal weitersehen. Ein bisschen Auslandserfahrung kann auf jeden Fall nicht schaden und wird als Vorteil angerechnet, wenn man auf der Karriereleiter weiter aufsteigen will."

Er kratzte sich nachdenklich am Hinterkopf.

„Das Ganze hat allerdings zwei Nachteile."

Charles schaute ihn fragend an.

„Man kann in Ramstein nicht surfen!" Er lachte so laut, dass sich alle nach ihnen umschauten und schlug Charles mehrmals ausgelassen auf die Schulter.

„Und der zweite Nachteil?", fragte Charles mokant.

„Ich werde Hellen, meine Nymphomanin aus Austin, für eine Weile nicht mehr treffen. Das könnte mich hormonell vergiften." Er seufzte tief. „Zumindest gibt es in Deutschland die Fräuleins, die sollen auch ihre Vorzüge haben."

Ein weiterer Tiefschlag für Charles. Sein ehemaliger Spotter, von dem er glaubte, dass er es mit so einer laschen Einstellung nicht weit bringen werde, hatte ihn überholt und die Karriere gemacht, die sich Charles für sich selber immer erträumt hatte. Und Ledermans weitere Perspektiven waren hervorragend. Er war cool, hatte Freude am Leben und bei ihm schien alles wie am Schnürchen zu klappen.

Warum war das bei ihm anders?

„Private Brown! Mit dem heutigen Tag werden Sie ehrenhaft aus den Diensten des Marine Corps entlassen. Sie sind ab heute wieder Zivilist. Die Vereinigten Staaten von Amerika danken Ihnen für Ihren selbstlosen Einsatz für unser Land und wünschen Ihnen für die Zukunft alles Gute!"

Der Brigadier General schüttelte Charles kräftig die Hand und überreichte ihm die Entlassungsurkunde mit dem *Eagle,-Globe & Anchor Symbol des Seeadlers*, der sich mit seinen aufgeschlagenen Flügeln an einem Erdball festhält, den Blick nach Westen zugewandt, im Schnabel das Motto der Marines: *Semper fidelis* (immer treu)!

Charles nahm Haltung an und salutierte. Ein letztes Mal.

„Sir! Danke, Sir!"

Private Charles Brown war erleichtert dieses Kapitel seines Lebens endlich hinter sich gelassen zu haben, als er am 4. Dezember 1964 um 13 Uhr, seinen Rucksack holte und sich auf den Weg zum Bahnhof machte.

Es war kalt. Temperaturen unter dem Gefrierpunkt. Kälte pikste ihm wie feine Nadeln ins Gesicht. Er zog die klare, eisige Luft durch die Nase. Wegen des stürmischen, frostigen Ostwindes tränten seine Augen.

Schnee überzog die grauen Dächer des Camps mit einer dünnen, weißen Pulverschicht. Alles wirkte auf einmal hell und freundlich – friedlich und zuversichtlich. Unter seinen Schuhen knarzte weicher Pulverschnee. Sein Puls schlug schneller, Glückshormone rauschten durch seinen Körper.

Er salutierte aus Gewohnheit, als er durch die Pforte in die Freiheit lief. Der wachhabende Soldat nahm sofort stramme Haltung an, zog die Füße zusammen und legte die Hand energisch an seinen Helm.

Charles drehte sich noch einmal um.

Hinter ihm lagen die Trümmer seines Lebens: Rückschläge, Enttäuschungen, Ungerechtigkeiten, Hass und Wut.

Vor ihm die Zukunft: Seine Frau, Studium, Karriere und Selbstbestätigung.

Er stieg in den Amtrak. In zwei Tagen würde er in Austin sein – einer anderen Welt, mit einem anderen Leben. Isabella hatte versprochen, ihn vom Bahnhof abzuholen.

Er freute sich auf seine Frau, die eigene Wohnung, das neue Leben - ohne ständig herumkommandiert zu werden, ohne den schrillen Signalton der Pfeife und ohne den festgelegten, monotonen Tagesablauf, der keine Gelegenheit für Überraschungen bereithielt.

VI.

Er genoss die Freiheiten des Studentenlebens. Wenn er über den Campus schlenderte, setzte er sich manchmal auf eine Bank und beobachtete die vielen, jungen Studiosi, wie sie lebhaft diskutierten, Musik hörten oder einfach nur auf dem Rasen in der Sonne lagen und relaxten.

Das Universitätsgelände war eine mystische Welt für sich; mit Bibliotheken, Museen, Geschäften und den vielen Fachinstituten, die den 30.000 Studierenden ein Zuhause auf Zeit anbot. Mit einer herausragenden Architektur und Geschichte gesegnet, die bis auf das Jahr 1883 zurückreichte.

Den im gotischen Stil errichteten Hauptgebäude und dem hundert Meter hohen, im Beaux-Arts-Stil gebauten Glockenturm als Mittelpunkt und Wahrzeichen, der bei Dunkelheit mit weißem Licht angestrahlt wurde und dessen Glockenspiel jede Viertelstunde, zwischen 18 Uhr und 21 Uhr, zu hören war.

„Klingt wie unser Big Ben", sagte John Hanks, ein aus London stammender Kommilitone von Charles einmal, als sie auf einer Bank saßen, ein Bier tranken und den Sonnenuntergang genossen.

Auf Charles übte der weiße, 28-stöckige Turm von Anfang an eine einzigartige Faszination aus. Manchmal fuhr er mit dem Fahrstuhl einfach auf die Besucherplattform, ließ sich den Wind um die Ohren sausen, die Gedanken in seinem Kopf herumschwirren und erfreute sich an der unendlichen Aussicht auf die vielen, kleinen und sich emsig bewegenden Studenten, die ahnungslos, wie Ameisen umherliefen und an ihrer Karriere für die Zukunft bastelten, ohne auch nur einen Gedanken daran zu verschwenden, es könnte vielleicht etwas Unvorhergesehenes dazwischenkommen.

Er spürte hier oben ein Gefühl von Dominanz, Unverletzlichkeit und Herrschaft über alle da unten - ein Gefühl, dass er nicht beschreiben konnte, dass ihn trotzdem kontrollierte und gleichzeitig euphorisch stimmte.

Seinem Studienkollegen Jeff Drum hatte er einmal gesagt, der Glockenturm sei wie eine uneinnehmbare Festung, von der aus man in aller Ruhe auf Menschenjagd gehen könnte, ohne auf entsprechende Gegenwehr zu stoßen.

Drum hatte ihn daraufhin entgeistert angeschaut und sich die wirren Gedanken schließlich mit Charles früherer, militärischen Karriere als Scharfschütze bei den Marines erklärt.

So eine Zeit geht nicht spurlos an einem vorbei! Da bleibt immer etwas hängen!

Charles versäumte keine Vorlesung. Saß hochkonzentriert in dem Auditorium, ließ sich von nichts und niemandem ablenken, machte sich emsig Notizen, die er zu Hause gewissenhaft nacharbeitete – oft bis in die Nacht hinein. Er war fest dazu entschlossen, seine letzte Chance auf ein erfolgreiches Leben wahrzunehmen.

Bei den ersten Prüfungen landete er im oberen Mittelfeld - zu wenig für seine Ansprüche. Er lernte noch mehr, wurde aggressiv, vernachlässigte seine Frau, sie stritten sich immer häufiger, bis ihm irgendwann die Hand ausrutschte und er sie schlug – in den Bauch und auf die Arme. Auf die Stellen, wo man es nicht sofort sah und wie er es sich bei Adolphus abgeguckt hatte.

Er war erschrocken über sich selber, wollte nicht werden wie sein Vater, den er dafür hasste, wie er seine Mutter misshandelte, sie quälte und der Selbstachtung beraubte – trotzdem konnte er in diesen Augenblicken nicht anders. Er hatte sich nicht mehr unter Kontrolle.

Isabella war schockiert über seine plötzlichen Unberechenbarkeiten und Brutalitäten, machte ihm Vorwürfe, sich als Ehemann von seiner Frau aushalten zu lassen und nichts für die Zukunft der Familie beizutragen. Erzählte von Hänseleien ihrer Kollegen in der Schule, womöglich mit einem Taugenichts verheiratet zu sein. Machte sich Sorgen, dass sich ihr Wunsch nach eigenen Kindern endlos herauszögern könnte oder am Ende niemals wahr werden würde. Dass sie vielleicht mit ihrem Mann einen Fehlgriff getan hätte und eine Trennung unvermeidbar sei.

Sie erzählte ihrer Mutter von den Vorfällen, die ihr jedoch klarmachte, dass eine Ehe eben nicht nur aus eitel Sonnenschein besteht, sondern man in guten und erst recht in schlechten Zeiten zusammenhalten müsse, wie man es sich vor Gott gegenseitig versprochen hatte. Eine Scheidung war für sie kein Thema – schließlich hatte ihre Tochter nach einem römisch-katholischen Ritual geheiratet und das Kirchenrecht sah keine Auflösung einer Ehe vor.

„Was Gott zusammengefügt hat, darf der Mensch nicht trennen. Ehekrisen gibt es schließlich überall. Sie sind dafür da, mit Gottes Hilfe überwunden zu werden und als Ehepaar gestärkt daraus hervorzugehen. Ihr solltet wieder jeden Sonntag in die heilige Messe gehen. Dann wird bestimmt alles gut, Kleines!"

Und manchmal lief es für ein paar Wochen auch so, wie es sich Isabella vorgestellt hatte.

Charles war zuvorkommend, charmant, lobte ihr Aussehen und half im Haushalt mit. Sie gingen ins Kino, essen oder saßen wie ein altes Ehepaar vor dem Fernseher, bei Bier und einer Tüte Kartoffelchips oder Nachos, liebten sich und standen morgens gemeinsam auf, um zu frühstücken. Mehr verlangte sie nicht. Nur das gewöhnliche Leben eines jungen Ehepaares, mit allen Höhen und Tiefen.

Aber immer, wenn sie die Hoffnung hatte, es habe sich etwas verändert, gab es einen Rückfall.

Meistens, wenn er diese unerträglichen Kopfschmerzen bekam, die ihn in letzter Zeit immer häufiger aufsuchten und ihn dazu zwangen, sich in das abgedunkelte Schlafzimmer zu legen, um seine Verzweiflung ertragen zu können. Dann sorgte sie dafür, dass ihn niemand störte. Schickte einmal sogar spielende Kinder vor dem Haus weg, weil Charles sich über den Lärm beklagte und erschrak im nächsten Augenblick über sich selber – über ihren vorauseilenden Gehorsam, ihre Intoleranz und Hartherzigkeit.

Charles suchte sich einen weiteren Aushilfsjob als Geldeintreiber bei der *Standard Finance Company*, bei der er prozentual an den Erfolgen der Kreditrückzahlungen beteiligt wurde. Ein lohnendes Geschäft, denn er arbeitete sehr zielführend und protzte mit seinen guten Ergebnissen. Doch je mehr Zeit er dafür investierte, desto schlechter wurden seine Noten im Studium.

Die Prüfungen für das Grundstudium hatte er mit Ach und Krach bestanden, trotzdem riet ihm sein Professor dazu, sich ernsthaft darüber Gedanken zu machen, ob es sinnvoll sei das Architekturstudium weiter zu verfolgen. Schließlich würde der Schweregrad in den kommenden Semestern weiter steigen.

Charles war empört über so viel Ignoranz des Hochschullehrers. Blendete er doch bei seinem Urteil einfach die Fakten aus: Verheiratet, Kopfschmerzen, keine Unterstützung von den Eltern, wenig Geld und deshalb im Gegensatz zu den meisten Kommilitonen zahlreiche Nebenjobs. Sonst wäre es ein leichtes für ihn, das Studium mit Auszeichnung zu meistern. Er hatte schließlich einen IQ von 140!

Er war davon überzeugt, das Studium durch Fleiß und Ausdauer trotzdem mit einem Abschluss zu schaffen, wenn auch wahrscheinlich ohne Auszeichnung.

Er nahm einen weiteren Aushilfsjob als Kundenbetreuer bei der *Austin National Bank* an, kam oft erst spät abends nach Hause, trank dann noch hastig ein Bier und legte sich sofort schlafen.

An den Wochenenden arbeitete er ohne Bezahlung als Pfadfinderführer für den *Austin Scout Troop 5,* erzählte den *Varsity Scouts* und *Ventures* etwas über das Fährtenlesen oder Navigieren, übte mit ihnen Schießen auf Zielscheiben, manchmal auch auf Eich- oder Grauhörnchen.

Er war der beliebteste Guide, konnten die jungen Scouts doch viel von ihm lernen, insbesondere was den Umgang mit Waffen anging.

„Ich möchte später auch mal so werden wie Du", bewunderte ihn ein *Varsity Scout*. „Ehemaliger Scharfschütze bei den Marines. Toll! Warum bist Du nicht mehr bei der Truppe?"

Charles überlegte kurz.

„Ich war einfach zu intelligent. Ich habe einen IQ von 140, deswegen studiere ich jetzt!

Der Scout schaute ihn mit offenem Mund an und nickte, obwohl er die Antwort nicht verstanden hatte.

Die Kopfschmerzen bei Charles wurden immer heftiger. Sie kamen und gingen – unerwartet und unerträglich. Eine Folter, wie er es sich bei den schlimmsten Verhörmethoden des KGB nicht schlimmer hätte vorstellen können.

„Du gehst jetzt zum Arzt!", schimpfte Isabella mit ihm. „Vielleicht ist es nur eine Kleinigkeit, Du kriegst ein paar Tabletten verschrieben und alles ist gut." Sie schüttelte verständnislos den Kopf.

Er brauchte nicht lange darüber nachzudenken. Sie hatte Recht. Er würde einen Arzt aufsuchen. Einen der zahlreichen Universitätsmediziner auf dem Campus.

Der Erste verschrieb ihm Tabletten mit Acetylsalicylsäure, der Nächste Paracetamol-Tabletten in hoher Dosierung, ein anderer wiederrum schwörte auf Ihulysin und ein Vierter empfahl ihm kalte Wickel und grünen Tee. Dennoch führte nichts davon zum erhofften Erfolg.

Die Kopfschmerzen kamen und gingen. Einfach so und völlig unberechenbar!

Jeff Cortez, ein erfahrener, alter Internist, war der erste Mediziner, der Charles nicht nur körperlich untersuchte, sondern sich die Zeit dafür nahm, ihn nach seiner Kindheit und Jugend zu befragen, nach seiner Militärzeit und dem Studium. Nach einer Stunde machte er Charles den Vorschlag, bei einem angesehenen Campus-Psychiater vorstellig zu werden.

„Sie gehen am besten zu Dr. Carl Heatly, einem erfahrenen Psychiater und Studienkollegen. Der wird Ihnen bestimmt weiterhelfen. Ich kann es jedenfalls nicht, denn bei Ihnen helfen keine gewöhnlichen Tabletten gegen die Schmerzen."

Er schaute Charles kritisch durch seine Halbbrille an, während er ein Rezept ausstellte.

„Werden Sie das tun? Kann ich mich darauf verlassen?"

Charles nickte verhalten.

„Bis dahin verschreibe ich Ihnen für den Übergang Valium-Tabletten. Allerdings kann das keine Dauerlösung sein", ermahnte er seinen Patienten eindringlich.

Charles nahm die Tabletten wie verordnet. Dreimal täglich mit einem Schluck Wasser. Die Schmerzen waren nach wie vor vorhanden, nur etwas mehr im Hintergrund - gerade so, als könnten sie die letzte Barriere nicht überwinden, um von dem Zustand der Unpässlichkeit in den Zustand der Unerträglichkeit hinüberzuspringen. Er fühlte sich zwar entspannter und schlief so fest wie ein Murmeltier, war jedoch am nächsten

Morgen benommen, manchmal regelrecht verwirrt, ihm war schwindelig und er hatte Koordinationsprobleme.

„So geht das nicht weiter!", schimpfte Isabella.

„Du besuchst keine Vorlesungen mehr, gehst nicht mehr arbeiten, meldest Dich noch nicht einmal krank und bist zu faul, eine Untersuchung bei diesem Dr. Heatly zu machen.

Sie organisierte ihm einen Termin bei dem Psychiater im Gesundheitszentrum der Universität.

Dr. Heatly war ein erfahrener Psychiater. Er betrieb seine Praxis auf dem Campus seit über dreißig Jahren. Seine Patienten waren überwiegend Studenten, die mit dem Leistungsdruck nicht fertig wurden, den sie an sich selber stellten oder von den Eltern auferlegt bekommen hatten. Manchmal war der Auslöser für die seelischen Störungen auch Geldsorgen, ab und zu Liebeskummer, der die jungen Patienten mitunter sogar auf den Gedanken eines Selbstmordes brachte.

Bloß Charles Brown schien in keine dieser Schubladen zu passen. Der Arzt untersuchte ihn zunächst körperlich. Tastete und hörte ihn mit einem Stethoskop ab, kontrollierte den Blutdruck, die Augen und Ohren und beauftragte diverse Laboruntersuchungen.

Alles in bester Ordnung. Vor ihm stand ein durchtrainierter, junger Mann, der körperlich auf dem Höhepunkt seines Schaffens war und dessen Vorerkrankungen in keiner Weise darauf schließen ließen, ein gesundheitliches Problem zu haben.

Trotzdem waren sie da! Ohne Zweifel. Furchtbare Kopfschmerzen, die seinen Patienten seit vielen Monaten schier in den Wahnsinn trieben, keinen geregelten Tagesablauf mehr zuließen und seine Zukunft in Frage stellten.

Charles erkundigte sich nach der Verschwiegenheitspflicht des Psychiaters. Ein gewohntes Prozedere für den Mediziner, hing ihm doch in weiten Teilen der Bevölkerung noch das Stigma eines Irrenarztes nach.

Als Heatly seinem Patienten absolute Vertraulichkeit garantierte, begann Charles ihm seine Leidensgeschichte zu erzählen.

Von den Gewaltausbrüchen seines Vaters, den Versagensängsten seit der Kindheit, der Aneinanderreihung unglücklicher Zufälle bei den Marines, die ihm das Stipendium und die Offizierslaufbahn kosteten, der Heirat und Beziehung zu Isabella, die er einerseits liebte, andererseits durch ihre Erfolge verachtete und seinem Architekturstudium, dass auf der Kippe stand, weil ihn diese fürchterlichen Kopfschmerzen plagten.

„Der liebe Gott meint es nicht gut mit mir. Ständig habe ich Pech und werde überall benachteiligt. Wann hört das endlich auf?"

„Verspüren Sie Hass gegen Menschen oder Institutionen?"

„Ja! Zum Beispiel gegen meinen Vater."

„Würden Sie ihn gerne bestrafen?"

„Ich würde ihn am liebsten umbringen!"

Schweigen.

Dr. Heatly schluckte. Solche Offenbarungen hatte er in seiner Karriere nur wenige Male gehört – und wenn, dann von Kriminellen, die in der geschlossenen Abteilung einer Psychiatrie oder Sicherheitsverwahrung waren.

„Was ist mit dem Marine Corps?"

Charles starrte ihn mit aufgerissenen, glasigen Augen an.

„Ich hasse das Marine Corps! Genauso wie die Vereinigten Staaten mit ihrem korrupten System, dass mich aus Neid vor meinen außergewöhnlichen Fähigkeiten einfach fallengelassen und Anderen den Vorzug gegeben hat, die sich nicht so für ihr Vaterland und die Gesellschaft eingesetzt haben wie ich. Und ich hasse alle Institutionen, alle Menschen, die für sie arbeiten und im Gegensatz zu mir von ihnen profitieren. Man muss jeden von ihnen bestrafen!"

Der Arzt kratzte sich nachdenklich am Hinterkopf, lehnte sich zurück und verschränkte seine Arme vor den Oberkörper. Solche Ansagen waren selten. Er konnte sich nicht daran erinnern, ähnliches schon einmal in seiner Praxis gehört zu haben. Und sie klangen gefährlich. Sehr gefährlich!

Schweigen.

„Wie wollen Sie alle diejenigen, die von den Institutionen profitieren, bestrafen? Zum Beispiel die Studenten, die problemlos ihre Prüfungen bestehen, um danach Karriere zu machen?"

Charles schaute den Arzt mit leerem Blick an, grinste lustvoll, zeigte entschlossen auf den Glockenturm, der vom Fenster des Behandlungszimmers zu sehen war, beugte sich zu Heatly vor und flüsterte ihm ins Ohr: „Indem ich mit meinem Jagdgewehr vom Glockenturm auf alles schieße, was sich da unten bewegt." Er lachte zynisch.

Heatly war irritiert. Er wischte sich kalten Schweiß von der Stirn, trank mit zittriger Hand ein Schluck Wasser und starrte Charles ratlos an.

So einen Fall hatte er noch nie gehabt. Das entsprach keinesfalls seiner ärztlichen Routine. Das war etwas Besonderes. Etwas, worüber er noch einmal nachdenken musste und Rücksprache mit einem Kollegen halten sollte. Er war sich unsicher. Vielleicht wollte der Student ihn auch nur an der Nase herumführen. Unter Umständen war er ein Psychologiestudent, der die Grenzen der Glaubwürdigkeit und medizinischer Diagnosefähigkeit austesten wollte; darüber eine Abschlussarbeit schrieb und ihn womöglich als Versuchskaninchen benutzte. Er hatte über solche Fälle schon des Öfteren gelesen. Seine Fachrichtung war anfällig für solche Schwindler.

Er versuchte sich seine Nervosität nicht anmerken zu lassen. Er war schließlich der Fachmann mit der langjährigen Berufserfahrung. Würde er alles, was ihm Charles Brown aufgetischt hatte für bare Münze nehmen, wäre er dazu verpflichtet, sofort den Sheriff zu informieren – Verschwiegenheitsverpflichtung hin oder her! Der Sheriff würde Brown festnehmen, in eine geschlossene Anstalt der Psychiatrie einweisen lassen, wo ihn seine Kollegen so lange mit Elektroschocks malträtierten, bis man der Ansicht war, man hätte ihn geheilt. Bloß zu diesem Ergebnis kamen seine Berufskollegen eher selten. Er kannte viele solcher Fälle und wusste: Wer sich einmal in den Fängen von Ärzten einer geschlossenen Anstalt befand, der verließ sie oft erst wieder in einem Leichensack oder mit Operationsnarben an den Schläfen.

Er schüttelte sich kurz, stand auf, ging zum Fenster und schaute in Gedanken versunken hinaus.

Auf der gegenüberliegenden Aussichtsplattform des Glockenturms tummelten sich zahlreiche Besucher, die das emsige Treiben auf dem Campusgelände beobachteten, wo gerade eine Kundgebung gegen Rassendiskriminierung und den Vietnamkrieg stattfand.

Eine seltsame Kombination, dachte sich Heatly und konzentrierte sich noch einmal auf seinen Patienten, der angespannt auf dem Stuhl saß, den Kopf in seinen Händen vergraben.

Der Arzt erinnerte sich auf einmal an seinen hippokratischen Eid - dass er vor langer Zeit einmal geschworen hatte, seine Patienten von Schmerzen zu befreien, sie möglichst zu heilen und keine neuen Probleme bei ihnen hervorzurufen oder diese zu verschlimmern.

Ich bin Arzt und nicht Special Agent des FBI!

„Mr. Brown! Ich werde Ihnen helfen."

Charles blickte auf. Ein leises Lächeln huschte über seine Lippen.

Der Arzt schaute seinen Patienten mit kühlem Blick an.

„Dazu bedarf es allerdings Ihrer Mitwirkung. Ich werde Ihnen Dexedrine verschreiben. Ein Amphetamin, dass sich positiv auf die Aufmerksamkeit und Konzentrationsfähigkeit auswirkt und impulsives Verhalten unterdrückt. Ich bin mir sicher, es wird Ihnen helfen. Sie müssen mir nur versichern, in drei Wochen unbedingt in die Sprechstunde zu kommen. Dann sehen wir, ob es gewirkt hat und können die weiteren Behandlungsschritte besprechen. Einverstanden?"

Charles willigte ein, bekam das Rezept und holte sich in der Apotheke die Wunderpillen.

Und sie wirkten! Seine Kopfschmerzen ließen nach wenigen Tagen nach. Er fühlte sich wie neugeboren, auch wenn er manchmal über Übelkeit und leichte Bauchschmerzen klagte – eine Banalität im Vergleich zu dem Brummschädel vorher.

Er besuchte wieder die Vorlesungen, versuchte versäumtes nachzuholen und arbeitete von neuem für die *Standard Finance Company* als Geldeintreiber. Abends ging er ab und zu mit Isabella aus, ins Kino, zum Essen oder einer Bootstour auf dem Colorado River. Oft saßen sie auch gemeinsam vor dem Fernseher und amüsierten sich über eine neue Serie, bei der ein Flaschengeist in Gestalt einer attraktiven Blondine namens Jeannie, durch Verschränken ihrer Arme und gleichzeitigem Blinzeln, ihrem Befreier allerlei Zaubertricks zeigte und sich schließlich in ihn verliebte.

Es waren die ersten unbekümmerten Tage für ihn seit langem. Er war optimistisch, machte Fortschritte und glaubte von Neuem an eine glückliche Zukunft.

Bis zu jenem Freitag, den 6. Mai 1966, als er gut gelaunt nach Hause kam, Isabella ihm einen Zettel mit einer Telefonnummer im Vorbeigehen in die Hand drückte und sagte, er solle mit seiner Mutter telefonieren – es sei dringend!

160

Er rief sofort an und erfuhr, dass Margret seit mehreren Tagen im *St. David's Medical Center* lag, mit gebrochenem Kiefer, ausgeschlagenen Zähnen, einer schmerzhaften Nierenquetschung sowie zahlreichen schweren Prellungen und blauen Flecken.

Er war erschrocken, als er sie besuchte und nicht sofort erkannte. Ein Häufchen Elend, verpackt in Mullbinden und Gips, verschwollenem Gesicht und mit Blutergüssen in unterschiedlichsten Farben übersät.

„Ich werde Adolphus verlassen. Ich lasse mich von ihm scheiden", flüsterte sie undeutlich. „Er wird mich noch eines Tages umbringen."

„Du hättest den Tyrannen schon vor Jahren verlassen sollen, dann wäre Dir einiges erspart geblieben. Was hat Dich davon abgehalten?"

Sie lächelte gequält. Das Sprechen fiel ihr schwer. Die vielen Schmerzmittel hatten sie in eine Art Dämmerzustand versetzt, in dem alles, wie in Zeitlupe ablief.

„Mein Glaube, Charles! Ich habe mich in den letzten Jahren ständig mit Priester Saymon ausgetauscht. Ich glaubte, er sei eine große Hilfe. Er wusste über alles Bescheid; die Umstände meiner Ehe mit Adolphus und dass er mich regelmäßig verprügelte. Ich musste mit jemandem darüber reden, sonst hätte ich es nicht mehr ausgehalten."

Sie atmete schwer und versuchte sich mit einem Arm am Galgen des Krankenbettes langsam nach oben zu ziehen. Vergeblich!

„Saymon hat mir geraten bei Adolphus zu bleiben und die Schmerzen und das Leid furchtlos zu ertragen. Was Gott zusammengefügt hat, darf nur der Tod wieder trennen, hat er gesagt. Alles andere sei eine Sünde vor unserem Herrn. Und ich habe ihm immer geglaubt. Sonst hätte ich mich schon vor Jahren von Deinem Vater getrennt. Das kannst Du mir glauben!"

Sie hatte Tränen in den Augen und schluchzte leise vor sich her.

Charles war fassungslos! Derselbe Priester, der ihn missbraucht hatte, war auch für das Unglück seiner Mutter mitverantwortlich.

Er sah Saymon plötzlich vor sich! Wie er mit seinen schmierigen Griffeln gierig seinen Hosenschlitz öffnete, an seinem Penis herumfummelte und dabei dreckig grinste. Die Fratze des leibhaftigen Diabolos, getarnt durch die Soutane eines Gottesmannes!

Charles fühlte Wut in sich aufsteigen – zu viel, um es noch beherrschen zu können. Er zitterte auf einmal wie Espenlaub, hatte einen trockenen Mund und bekam plötzlich schon wieder diese Kopfschmerzen, nur viel schlimmer als jemals zuvor.

Er hasste diesen Menschen abgrundtief! Für das, was er ihm angetan hatte, aber noch mehr für das, was er seiner Mutter zu Leide getan hatte.

Priester Anomie Saymon tauschte gerade die verwelkten Tulpen in den vergoldeten Bechern auf dem Altar der St. Mary Cathedral aus, als sich die schwere Hauptpforte langsam öffnete und sich eine Person mit lauten Schritten näherte.

Er schaute auf die Uhr. Es war 20:45 Uhr. Er erwartete zu dieser Uhrzeit niemanden mehr.

„Ja, bitte!", rief er dem Fremden von Weitem zu.

„Die Kirche ist geschlossen, aber Sie können gerne morgen zur heiligen Messe wiederkommen. Danach habe ich auch Zeit für Sie. Jetzt ist es gerade schlecht."

Doch der Fremde störte sich nicht daran, ging weiter und blieb einige Meter vor dem Priester stehen. Saymon konnte seine Umrisse erkennen. Ein großer, junger Mann mit Rucksack und Kapuze.

„Hören Sie, die Kirche ist eigentlich geschlossen. Was wollen Sie von mir? Wollen Sie vielleicht beichten?"

Der Fremde antwortete nicht. Er schaute dem Priester gehässig in die Augen, während er seinen Rucksack langsam auf den Boden setzte, ihn öffnete, eine abgesägte Schrotflinte herausholte und in beiden Händen hielt. Er streifte die Kapuze ab.

Ein blonder, junger Mann mit Bürstenhaarschnitt. Der Priester erkannte ihn nicht.

„Wer sind Sie?", fragte er ängstlich.

„Mein Name ist Charles Brown."

Brown? Es gab mehrere Gemeindemitglieder mit diesem Nachnamen.

„Meine Mutter ist Margret Brown", ergänzte der Fremde leise.

„Die Frau von Adolphus Brown? Was ist mit ihr?"

„Sie liegt schwerverletzt im Krankenhaus, weil Adolphus sie um ein Haar zu Tode geprügelt hätte."

Schweigen.

„Das tut mir leid. Was wollen Sie von mir?"

„Ich war früher Ministrant bei Ihnen."

Der Priester zuckte unwissend die Schultern.

„Ich kann mich nicht an Sie erinnern."

„Ich mich aber an Sie! Sie haben mich sexuell miss-handelt!"

Stille.

„Hören Sie, das muss schon sehr lange her sein. Ich kann mich jedenfalls nicht daran erinnern. Und selber nach Rache dürsten, ist ein schlechter Ratgeber. Schon in der Bibel heißt es: *Rächt euch nicht selbst, meine Lieben, sondern gebt Raum dem Zorn Gottes;* denn es steht im 5. Buch Mose, Kapitel 32 geschrieben: *Die Rache ist mein; ich will vergelten, spricht der Herr.*"

„Es interessiert mich nicht mehr, was in der Bibel ge-schrieben steht. Sie haben mich vergewaltigt!"

Der Priester schaute Charles zynisch in die Augen. Sein verächtlicher Blick musterte ihn von oben bis un-ten.

„Und wenn schon! Es hat Ihnen anscheinend nicht geschadet. Sie sehen kräftig und gesund aus. Also, wes-halb sind Sie hier?"

Charles hielt die Schrotflinte hüfthoch in beiden Händen und zielte auf den Priester.

„Ich bin das jüngste Gericht!"

Saymons Gesichtszüge verfinsterten sich. Er hob die Arme nach oben und begann zu beten.

„Herr, mein Gott, ich danke dir, dass du diesen Tag zu Ende gebracht hast; ich danke dir, dass du Leib und Seele zur Ruhe kommen lässt. Deine Hand war über mir und hat mich behütet und bewahrt. Vergib allen Kleinglauben und alles Unrecht dieses Tages und hilf, dass ich allen vergebe, die mir Unrecht getan haben. Lass mich in Frieden unter deinem Schutz schlafen und…"

Ein lauter, dumpfer Knall hallte durch die Kirche. Lauter und eindringlicher, als es Charles jemals gehört und für möglich gehalten hätte.

Der Priester wurde nach hinten geschleudert und sackte auf den Boden. Sein Blut und Gewebe war überall verteilt: Auf der weißen Altardecke, den goldenen Bechern und Kerzenständern, der Figur von Jesus am Kreuz in zwei Metern Höhe und auf den umliegenden Sitzbänken.

Er lag auf der Seite, die Hände ausgestreckt und die Beine angewinkelt, unter seinem Körper eine sich rasch ausbreitende Blutlache.

Ein schwefeliger und metallischer Geruch lag in der Luft, eine Dunstglocke von Schmauch schwebte langsam zu Boden.

Totenstille.

Charles schaute sich um. Es hatte sich wenig verändert in den letzten Jahren. Derselbe modrige Geruch, derselbe Altar und derselbe Jesus am Kreuz, jetzt besudelt von den Innereien des Geistlichen.

Er stieg vorsichtig über die Leiche, ging an den Altar und schaute an die Decke. Dieselbe mit Sternen übersäte, blaue Kuppel, die ihn früher so fasziniert hatte und von der er immer glaubte, es sei der unendliche Himmel.

Er verstaute die Schrotflinte im Rucksack, schlenderte zum Portal, öffnete es vorsichtig und atmete tief ein. Die untergehende Sonne am Horizont ließ alles bunter und fröhlicher aussehen als sonst.

Ein Bettler vor der Kathedrale fragte nach Almosen. Charles gab ihm zwei Dollar. Der verwahrloste Mann steckte die Scheine hastig in seine abgewetzte Jacke und lief weiter, ohne ein Wort des Dankes. Eine vorbeikommende Frau mit Kinderwagen lächelte Charles kurz an und grüßte.

Er grüßte freundlich zurück und verschwand in der Abenddämmerung.

„Verdammt noch mal, wer ist denn für diese Sauerei verantwortlich?", schimpfte Terry Ratfield, als er den Tatort besichtigte.

„Überall Blut, sogar auf der Jesusfigur! Wer ist der Tote?", schnauzte er den Coroner ungehalten an.

„Pater Saymon. Fünfundsechzig Jahre alt und seit mehr als dreißig Jahren Leiter der katholischen Kirchengemeinde hier. War bei den Gläubigen beliebt und hat sich besonders für die sozial Schwachen und Kinder eingesetzt."

„Fehlt irgendetwas?"

„Auf den ersten Blick, nein! Es war auf keinen Fall ein Raubmord."

„Todesursache?"

Der Coroner schaute den Kommissar entgeistert an und drehte den Toten vorsichtig auf den Rücken.

„Ein Bild sagt mehr als tausend Worte!"

Ratfield sah in das blutverschmierte Gesicht des Toten. Überall Einschusslöcher, ein Auge ausgeschossen und die Haare der linken Kopfhälfte mit Blut zusammengeklumpt. Auf dem schwarzen Talar viele, kleine

Blutspritzer, die erst bei genauerem Hinsehen sichtbar wurden – zu gering war der Kontrast zwischen dem schwarzen Stoff und dem dunklen Lebenssaft. Unter der Leiche eine große, angetrocknete Blutlache.

Der Kommissar schüttelte verständnislos den Kopf.

„Wer macht so etwas? Einen Priester in einem Gotteshaus erschießen? Haben die Menschen vor nichts mehr Respekt?"

Der Coroner lachte dreckig. „Respekt? Viele wissen doch gar nicht mehr, was das ist." Er zog sich die Latexhandschuhe aus und tippte Ratfield mit dem Zeigefinger permanent auf die Brust.

„Das war auf jeden Fall ein Racheakt und der Täter ist auf Nummer Sicher gegangen, dass er sein Opfer nicht verfehlen kann... bei dem Streuwinkel der Munition!" Er zeigte auf die Einschusslöcher an der Wand.

„Ein Anfänger?"

Der Coroner zuckte die Schultern. „Es spricht einiges dafür. Jedenfalls hätte ein Profi eine Schusswaffe mit Schalldämpfer benutzt – kurz, schmerz- und geräuschlos! So war das Risiko für den Killer, dass jemand durch den Schuss auf ihn aufmerksam wird, auf jeden Fall sehr hoch."

„Hat jemand den Schuss gehört?"

„Eine alte Dame, die zum Zeitpunkt der Tat gerade mit ihrem Hund vorbeigelaufen ist, hat den Schuss wahrscheinlich gehört. Leider hat sie das Geräusch für einen Auspuffknall gehalten, weil die Straße direkt an der Kirche vorbeiführt."

„Sonst irgendwelche Spuren?"

Der Coroner schüttelte den Kopf und sagte dem Ermittler zu, ihm in den nächsten zwei Tagen einen ausführlichen Bericht zukommen zu lassen.

Terry Ratfield saß in seinem Büro, die Füße auf dem Schreibtisch, die Hände hinter dem Kopf verschränkt und blickte gedankenverloren an die kahle Wand. Die Klimaanlage ächzte unter Volllast, trotzdem hatte er Schweißperlen auf der Stirn.

Nur noch ein Jahr! North Dakota – angeln, segeln und fischen. Im Winter Schnee in Hülle und Fülle. Skilanglauf, Schneemobil fahren und die Hausauffahrt und den Bürgersteig von den Schneemassen befreien. Wie sehr freute er sich darauf. Nochmals den Unterschied zwischen Sommer und Winter erleben, die Kälte spüren, die weiße Schneepracht genießen, am offenen Kamin sitzen, eine Habano paffen und einen alten Bourbon trinken.

Vor ihm lag der Bericht von Dr. Gerber, dem Coroner.

Die Schrotladung hatte gleich mehrere Arterien von Saymon zerfetzt. Die Hals- und Schlüsselbeinarterie und die Brustaorta. Keine Überlebenschance für den Geistlichen. Er war schnell verblutet und musste nicht lange leiden. Aber warum gerade eine Schrotflinte? Immerhin ging der Täter damit das Risiko ein, dass sein Opfer nicht sofort tödlich getroffen wurde und sich noch eine Zeitlang herumquälen musste. Andererseits kam es ihm vielleicht auch gerade darauf an! Etwa ein Sadist?

Ratfield schüttelte den Kopf über so viel ungezügelte Fantasie eines alten Mordermittlers. Er nahm sich einen Apfel aus der Obstschale und guckte auf die Olander Street herunter, wo sich wieder einmal ein Stau gebildet hatte und sich auch nicht dadurch auflöste, dass ein wildes Hupkonzert einsetzte, Fahrer aus ihren Autos stiegen, wild gestikulierten und dem Verursacher mit geballten Fäusten Schläge androhten. Der nämlich belieferte in aller Ruhe eine Kneipe an der Straße mit riesigen Bierfässern und blockierte mit seinem Transporter die komplette Fahrbahn.

Ratfield grinste. Er kannte die Kneipe. Er traf sich dort ab und zu mit Kollegen auf einen Absacker nach Dienstschluss. Zweimal sogar mit Frauen, die ihm von einer renommierten Partnervermittlung vorgeschlagen wurden, trotzdem nicht zu ihm passten. Viel zu aufgeblasen, arrogant und etepetete.

Jedenfalls gab es dort leckeres Bier. Dos Equis, Corona, Becks oder Budweiser. Je nach Laune, Wetter und Geschmack. Für jeden etwas dabei!

Es wurde wieder einmal Zeit, mit den Kollegen einen trinken zu gehen. Das stärkte das Zusammengehörigkeitsgefühl. Heute wäre ein guter Tag dafür! Bei der Bruthitze könnte man sich durch einen Drink ein wenig abkühlen und runterkommen. Er würde gleich in die Büros gehen und fragen, wer Lust hätte mitzukommen.

Charles lag auf dem Sofa im verdunkelten Wohnzimmer, alle Viere von sich gestreckt, einen nassen Waschlappen auf der Stirn.

Er hatte Kopfschmerzen. Wahnsinnige Kopfschmerzen, die sich anfühlten, als würde jemand ohne Betäubung mit einer Kreissäge seinen Schädel spalten wollen. Er nahm zwei Dexedrine Tabletten – es dauerte meist eine knappe Stunde, bis die Wirkung endlich einsetzte, er sanft in eine andere Welt davonflog – eine geschützte Welt, abgeschirmt von den Problemen des Alltags, seinen eigenen Schwierigkeiten oder den Herausforderungen einer ungewissen Zukunft.

Seine Mutter hatte sich inzwischen von Adolphus getrennt, war in eine eigene Wohnung gezogen und arbeitete als Bedienung in einem Fast-Food-Restaurant, verdiente ihr eigenes Geld und baute sich ein neues Leben auf. Ein Leben ohne Tyrannei, Gewalt und Unterdrückung. Ein Leben mit einer bescheidenen Perspektive.

Charles freute sich für sie. Trotzdem war er auch ein wenig wankelmütig, hatte er doch dadurch sein Elternhaus und die damit verbundenen Erinnerungen verloren, waren sie auch noch so finster. Trotzdem hatte es auch wenige, gute Momente gegeben.

Adolphus rief seinen Sohn täglich an und bettelte darum, er möge seine Mutter dazu überreden, noch einmal zu ihm zurückzukehren - koste es, was es wolle. Er bot Charles für den Erfolgsfall eine üppige finanzielle Unterstützung als Belohnung an. Eine Summe, die das junge Paar gut hätte gebrauchen können und die es Charles erlaubt hätte, seine Nebenjobs aufzugeben, um sich auf sein Studium zu konzentrieren.

Trotzdem lehnte er ab. Er war nicht käuflich. Und schon gar nicht auf Kosten seiner Mutter. Lieber lebte er bescheiden und in der ständigen Angst, irgendwann vielleicht nicht mehr die hohen Studiengebühren oder die teure Miete zahlen zu können.

Die Kopfschmerzen ließen allmählich nach und ein gewohntes Gefühl von Unbekümmertheit bahnte sich langsam seinen Weg durch die Nervenzellen – ließen ihn entspannt und manchmal sogar euphorisch zurück, wie so oft in den letzten Wochen. Das Ergebnis seines ungezügelten Amphetamin-Genusses.

Er ließ sich die Pillen von einem Kommilitonen besorgen, dessen Vater eine gutgehende Apotheke auf dem Ridgeway Drive betrieb, bei der das Verschwinden der Glücklichmacher anscheinend nicht auffiel. Denn Charles wurde schon seit Monaten anstandslos und pünktlich damit beliefert. Er zahlte dafür einen hohen Preis, mehr als drei Dollar pro Tablette. Geld, dass in der Haushaltskasse fehlte.

Isabella erzählte er, dass es sich um Medikamente handelte, die er von Dr. Heatly verordnet bekommen habe und die er für einen begrenzten Zeitraum einnehmen müsse, um den Therapieerfolg nicht zu gefährden. Sie glaubte ihm. Oder sie wollte ihm glauben. Oder es war ihr egal. Da war er sich keineswegs sicher.

Jedenfalls steckte seine Frau ihre gesamte Aufmerksamkeit und Energie in ihren Job als Lehrerin – korrigierte oft bis tief in die Nacht Klausuren, bereitete den Unterricht für den nächsten Tag vor und engagierte sich in ihrer Freizeit für Legastheniker, einer Gruppe von Menschen, bei denen es offensichtlich keine Nachschubprobleme gab.

Sie gründete einen Förderverein, wurde dessen Vorsitzende und überredete einige Kollegen dazu, den

Lese- und Rechtsschreibschwachen unentgeltlichen Unterricht zu erteilen.

Sie hatte es noch nicht einmal für nötig befunden, ihren Mann zu fragen, ob er damit einverstanden sei. Aber wozu auch? Weshalb sollte eine so ehrgeizige und erfolgreiche, junge Frau, ihren antriebs- und planlosen Mann für etwas um Erlaubnis bitten, was außerhalb seines Denkvermögens lag? Das machte keinen Sinn.

Er schüttelte betrübt den Kopf. Die Vergangenheit hatte gezeigt, dass er nichts zustande brachte. Da durfte er sich auch nicht über das schlüssige Verhalten seiner Frau wundern und schluckte lieber noch zwei Tabletten Dexedrine und döste weiter.

Als er wach wurde, war er schweißgebadet. Sein Kopf dröhnte. Die Augen brannten. Sein Mund war trocken.

Das Telefon klingelte. Er stand mühsam auf, torkelte zum Apparat und nahm benommen den Hörer ab – Freizeichen! Zu spät! Vielleicht war es Isabella, die ihm mitteilen wollte, dass sie heute später nach Hause kommt oder seine Mutter, die sich über die permanenten Anrufe von Adolphus beschwerte oder Adolphus selber, der die Provision dafür erhöhen wollte, sollte es Charles gelingen seine Mutter davon zu überzeugen, wieder zu ihm zurückzukehren. Er wusste es nicht. Und es war ihm egal. Es würde keine Rolle mehr spielen.

Er schlurfte benommen in die Küche, öffnete den Kühlschrank und trank gierig den kalten Orangensaft aus dem Plastikkanister, machte das Fenster auf und schaute kurz nach draußen. Ein Schwall schwüler Luft überraschte ihn. So unangenehm und heiß, wie er es selten erlebt hatte. Er verriegelte das Fenster, trocknete sich das nasse Gesicht mit einem Handtuch ab, setzte sich erschöpft an den Küchentisch und schaltete das Radio an.

Der Sprecher warnte vor tropischen Temperaturen an diesem Sonntag, dem 31. Juli 1966. Zwischen 39 Grad und 42 Grad im Schatten, dem bisher heißesten Tag des Jahres in Austin. Gefährlich für alle vulnerablen Gruppen, insbesondere für ältere Menschen mit Vorerkrankungen und Kleinkinder.

„Bleiben sie im Schatten, trinken sie viel Wasser und lassen sie alles ruhig angehen, liebe Texaner! Aus gegebenen Anlass spielen wir jetzt den Song: *The Sound of Silence* von Simon & Garfunkel, Platz 2 der Single-Charts in dieser Woche.

Hello darkness, my old friend
I´ve come to talk with you again.
Because a vision softly creeping
Left its seeds while I was sleeping
And the vision that was planted in my brain
Still remains
Within the sound of silence…

Charles ging ins Bad, nahm eine kalte Dusche, trank danach einen frisch gebrühten Bohnenkaffee und zündete sich eine Chesterfield Zigarette an.

Dann setzte er sich an den Schreibtisch, spannte einen Bogen Papier in die *Brother Deluxe*-Schreibmaschine ein und begann zu tippen:

Ich kann nicht genau sagen, was mich dazu veranlasst, diesen Brief zu schreiben. Doch ich spüre die Notwendigkeit es zu tun. Eigentlich bin ich ein vernünftiger und intelligenter, junger Mann, der mit einer attraktiven und ehrgeizigen Frau verheiratet ist. Ich kann nicht mehr sagen, wann es angefangen hat. Aber in letzter Zeit war ich Opfer vieler außergewöhnlicher und gewalttätiger Gedanken, die sich ständig wiederholen und an Stärke zunehmen. Ich bin mir sicher, es hängt mit meinen fürchterlichen Kopfschmerzen zusammen, unter denen ich seit einiger Zeit zu leiden habe. Ich bin bereit zu sterben. Nach meinem Tod wünsche ich mir, dass eine Autopsie an mir durchgeführt wird, um festzustellen, ob es an irgendwelchen psychischen Defekten liegt.

Ich liebe meine Frau und meine Mutter. Isabella war immer an meiner Seite, so, wie es sich ein Mann nur wünschen kann. Und Margret konnte das Leben nie so genießen, wie es ihr eigentlich zugestanden hätte. Aber sie hat es auch versäumt, mich vor den Tyranneien meines Vaters zu beschützen, dessen Erziehungsmethoden mich zu einem Versager gemacht haben, im Privat- und Berufsleben.

Ich werde meine Frau und meine Mutter töten und sie von dem Leid dieser Welt befreien. Ich möchte nicht, dass sie sich der Schande und Peinlichkeit stellen müssen, die ihnen meine Handlungen bereiten würden.

Charles Brown

Er faltete den Zettel sorgfältig zusammen, steckte ihn in ein Kuvert, klebte es zu und ließ es auf dem Schreibtisch liegen.

Dann setzte er sich erschöpft in einen Sessel im Wohnzimmer, schaltete den Fernseher an und trank eine Flasche Budweiser.

Es lief die *Andy Griffith Show*. Er wechselte den Sender. *Lassie*. Er schaltete den Fernseher aus. Ruhe! Nur das Gekreische spielender Kinder im Nachbargarten und das Röhren hubraumstarker Autos irgendwelcher Halbstarker von der Straße waren zu hören. Er wischte sich den Schweiß von der Stirn. Eine Klimaanlage wäre nicht schlecht gewesen. Texas ohne Klimaanlage macht genauso wenig Sinn wie Venedig ohne Markusplatz und Gondeln oder Moskau ohne Roten Platz. Aber jetzt war es zu spät dafür.

Leises Pochen in seinem Kopf. Er nahm eine Tablette und schlief ein.

Als er wach wurde, schaute er erschrocken auf seine Armbanduhr. 19:50 Uhr. Er hatte versprochen, Isabella pünktlich um 20 Uhr von der Jahresversammlung der Legastheniker in der Innenstadt abzuholen.

Er war schon wieder nass geschwitzt bis auf die Haut. Das T-Shirt und die Shorts klebten an seinem Körper, seine Haare waren klitschnass. Er sprang schnell unter die Dusche, zog sich frische Sachen an, suchte den Autoschlüssel – fand ihn unter den Zeitschriften auf dem Küchentisch, warf noch schnell eine Dexedrine ein, schluckte sie mit ein wenig Leitungswasser herunter, schüttelte sich wegen des scheußlichen Chlorgeschmacks, verließ das Haus und fuhr mit dem alten Pick-up, Richtung Rodeo Drive.

„Du bist spät dran", sagte Isabella, als sie zu ihm in den Wagen stieg und ihm flüchtig einen Kuss auf die Wange gab. „Wie war Dein Tag?"

Er zögerte kurz. „Nichts besonderes. Ich fahre später noch zu meiner Mutter. Ihre Haustür klemmt und ich habe ihr versprochen, mir das mal anzusehen."

Sie nickte, während sie etwas in ihrer Handtasche suchte, einen Lippenstift hervorzog und sich die Lippen sorgfältig nachzog.

„Grüße Margret von mir. Wie geht es ihr eigentlich? Ich habe sie schon längere Zeit nicht mehr gesehen."

„Seit wann benutzt Du um diese Uhrzeit noch Lippenstift? Für wen?"

Sie schaute ihn mit großen Augen an und lächelte verlegen.

„Für wen wohl? Natürlich für Dich!" Sie strich ihm zärtlich über den Kopf. „Eigentlich hatte ich gehofft, wir machen uns heute einen schönen Abend zu zweit!" Sie blinzelte ihm zu. „Ich habe nämlich erfahren, dass ich nächstes Schuljahr befördert werde und da dachte ich, dass sei eigentlich ein guter Anlass, um an unsere Familienplanung zu denken." Sie lächelte ihn hoffnungsvoll an.

„Gratulation zum bevorstehenden Karrieresprung!"

„Mehr hast Du dazu nicht zu sagen?", bemerkte sie empört an. „Hat das mit der Tür von Margret nicht bis morgen Zeit?"

„Du kennst die Gegend, in der sie jetzt wohnt. Mitten unter Schwarzen, Hispanics und Asiaten. Hohe Kriminalität, viele Einbrüche. Da muss wenigstens die Wohnungstür in Ordnung sein." Er zündete sich eine Zigarette an.

„Du sollst doch nicht im Auto rauchen! Den Qualm riecht man noch Tage später. Außerdem schadet es Deiner Gesundheit. Wann wirst Du endlich vernünftig, Charles?", schimpfte sie wie ein Rohrspatz und schaute beleidigt aus dem Seitenfenster.

Er winkte verächtlich ab.

Schweigen.

Nach einer Weile lächelte sie ihn großmütig an und sagte: „Ich werde trotzdem auf Dich warten. Beeil Dich, bitte!" Sie zwinkerte ihm zu, strich zärtlich mit ihren langen Fingern über sein kurzes Haar und küsste ihn auf die Wange.

„Nicht während der Fahrt! Es lenkt mich ab!", schimpfte er.

„Das will ich auch hoffen."

Charles setzte seine Frau an der Jewell Street ab, fuhr weiter über die Elisabeth Street, die 1st. Street und stand in einem Stau vor der Brücke über den Colorado River. Ein Truck hatte seine Ladung verloren. Unzählige zerborstene Milchflaschen lagen auf der Fahrbahn und verursachten einen fürchterlichen Gestank nach ranziger Butter. Er drehte die Seitenscheibe nach oben, stellte die Klimaanlage auf Umluft und nahm sich ein Wrigley Kaugummi.

An der Unfallstelle versuchten Leute mit Besen bewaffnet die Fahrbahn von den vielen Scherben zu reinigen – ein Unterfangen, dass eine volle Stunde dauerte. Er fuhr weiter. Über die Lavaca Street, bog zweimal links ab und erreichte die heruntergekommene Appartement-Anlage an der Guadalupe Street. Er parkte den alten Pick-up auf dem Seitenstreifen im Parkverbot, wurde von Jugendlichen angepöbelt, als er in das Haus ging und den Fahrstuhl in die fünfte Etage nahm.

Er schaute auf seine Armbanduhr. 21:25 Uhr. Er lief entschlossen den langen Gang zu den Appartements weiter. Alles ruhig. Niemand zu sehen. Ein modriger, schimmeliger Geruch lag in der Luft. Überall weißes Pulver gegen Kakerlaken, in jeder Spalte und Ritze. Er atmete schwer. Die Fenster waren alle geschlossen und ließen sich wegen der angeblichen Suizidgefahr nicht öffnen.

Er horchte an der Appartementtür seiner Mutter. Klappernde Geräusche aus der Küche, im Wohnzimmer lief der Fernseher. Sie war da. Machte heute keine Überstunden.

Er klopfte an die Tür und schaute sich um. Niemand zu sehen. Er klopfte stärker, hörte Schritte in der Wohnung, wie jemand den Riegel zur Seite schob und die Türe einen Spalt breit öffnete.

„Mein Gott, Junge! Mit Dir habe ich überhaupt nicht gerechnet. Warum hast Du mir nicht Bescheid gesagt, dann hätte ich uns was leckeres gekocht."

Sie sperrte behutsam die Tür auf, gab Charles einen flüchtigen Kuss und lief die Diele Richtung

Wohnzimmer voraus, als sie am Hinterkopf von einem schweren Gegenstand getroffen wurde und auf den Boden fiel.

Sie lag auf dem Bauch, röchelte unruhig, die Fingerkuppen in den Teppich gekrallt und versuchte ins Wohnzimmer zu kriechen.

Charles schlug noch zweimal mit dem Schlosserhammer zu. Er spürte ihr warmes Blut auf seine Lippen und Stirn spritzen. Das Röcheln wurde leiser, sie zuckte unregelmäßig.

Er bückte sich zu ihr herunter, packte sie an der Schulter, drehte sie um und starrte in entsetzte Augen. Ihre Lippen bewegten sich zaghaft, ohne einen Ton hervorzubringen. Er schlug einfach drauflos. Ins Gesicht und auf den Bauch, bis das Röcheln aufhörte und sich ihre Lippen nicht mehr bewegten. Dann nahm er sein Jagdmesser und stach ihr mitten ins Herz. Keine Reaktion mehr. Sie war tot.

Er stand auf und betrachtete ihre Leiche für einen kurzen Moment. Dann ging er erst ins Wohnzimmer und stellte den Fernseher aus, anschließend in die Küche. Auf dem Herd stand ein Topf mit geschälten Kartoffeln, im Spülbecken eingelassenes, lauwarmes Wasser und auf der Ablage stapelte sich das Geschirr zum Abtrocknen. Er nahm sich ein Handtuch, machte es nass und ging zurück zur Leiche seiner Mutter. Erst jetzt bemerkte er das viele Blut an den Wänden, der Tür und auf dem Teppich.

Margret hatte die Augen geschlossen und den Mund weit geöffnet. Er wischte ihr mit dem Handtuch vorsichtig das Blut aus dem Gesicht, hob sie behutsam auf und brachte sie in ihr Bett ins Schlafzimmer. Er deckte sie zu und faltete ihre Hände. Es sah aus, als würde ein Engel schlafen, wäre da nicht das Kopfkissen gewesen, dass sich langsam rot einfärbte.

Er stand andächtig vor ihrem Bett, schaute sie an und erinnerte sich an die vielen Gebete, die sie immer am Tisch gesprochen hatte. Er wollte ein letztes Gebet für sie sprechen, aber ihm fiel keines ein. Sie war jetzt glücklich, sie war in der Hand Gottes! Da war er sich sicher.

Er wusch sich im Badezimmer das Blut von seinem Gesicht, den Händen und der Kleidung, warf die Handtücher achtlos auf den Boden, ging in die Küche zurück, trank ein Glas Orangensaft in einem Zug aus und schmiss das leere Glas gedankenlos in das Spülbecken. Es zerbrach.

Er schwitzte, hatte einen trockenen Mund und seine Kopfschmerzen setzten wie gehabt ein. Ohne, dass er daran etwas ändern konnte.

Er suchte nach dem Aschenbecher, setzte sich an den Küchentisch, zündete sich eine Zigarette an und notierte auf einem Blatt Papier:

Ich habe gerade meine Mutter getötet. Ich bin erzürnt darüber, dass ich es getan habe. Sollte es einen Himmel geben, dann weiß ich, dass sie jetzt da ist – so, wie sie es sich immer gewünscht hat. Und wenn es keinen Himmel gibt, habe ich sie von ihrem Schmerz und Elend befreit. Es tut mir leid, keinen anderen Ausweg gefunden zu haben. Aber ich tat es aus Liebe zu ihr.

Er stellte den Zettel senkrecht an einen Kerzenständer, betrachtete ihn noch eine Weile gedankenversunken und seufzte tief.

Das Telefon klingelte. Vielleicht Isabella, die wissen wollte, wann er endlich nach Hause kommt oder Adolphus, der Margret dazu überreden wollte, noch einmal zu ihm zu ziehen. Er ließ es klingeln. Es spielte keine Rolle mehr.

Er ging noch einmal in das Schlafzimmer, stand vor dem Bett seiner toten Mutter, bekreuzigte sich und knipste das Licht aus.

Dann wischte er das Blut von dem Hammer und Messer, steckte sie in den mitgebrachten Rucksack, öffnete vorsichtig die Haustüre einen Spalt breit und lugte auf den Gang. Niemand zu sehen. Schwache Geräusche im Hintergrund.

Er ging auf den Flur, zog die Tür vorsichtig zu und verschloss sie zweimal. Den Schlüssel warf er in den gegenüberliegenden Abfalleimer. Er brauchte ihn nicht mehr.

Er schlich an den Appartements vorbei, hörte den dröhnenden Ton zu laut gestellter Fernsehgeräte, streitender Ehepaare, plärrender Kinder, kläffender Hunde – nahm den Fahrstuhl und verließ die Appartement-Anlage.

Draußen traf ihn ein Schwall schwülwarmer Luft und erinnerte ihn unwillkürlich an seine Zeit auf Guantanamo, wo er manchmal nachts glaubte in seinem eigenen Schweiß zu baden, wo ihm die Körperflüssigkeiten in jede Ritze und die Augen liefen und entsetzlich brannten.

Er schaute auf die Armbanduhr. Es war 23:35 Uhr. Gegen Mitternacht würde er zu Hause sein.

Die Lichter im Haus in der Jewell Street 906 waren bereits erloschen, als Charles vorsichtig in die Auffahrt abbog und den Pick-up vor der Garage parkte.

Als er aus dem Wagen stieg, hörte er die Schreie eines Mäusebussards. Er schaute in den Nachthimmel, in dem tausende Sterne glänzten. Es sah so aus, als habe da oben jemand einen Teppich funkelnder Diamanten ausgebreitet.

Seine Mutter hatte ihm als Kind einmal erzählt, dass jeder Tote in den Himmel kommt und zu einem leuchtenden Stern wird. Jetzt gehörte sie dazu.

Ab und zu fiel eine Sternschnuppe vom Himmel – blitzte dann für Sekundenbruchteile wie ein Funke auf, raste mit einer Lichtspur durch das Firmament und verschwand plötzlich wieder.

Charles wurde schwindelig. Er öffnete leise die Haustüre und knipste das Licht an. Grabesstille. Nur das gleichmäßige Tacken der Wanduhr und das tiefe Brummen des Kühlschrankes waren zu hören.

Er schlich vorsichtig die alte Eichentreppe hinauf – leises Knarren des alten Holzes quittierte seine Anwesenheit.

Die Tür zum Schlafzimmer war nur angelehnt. Er drückte sie leise auf. Isabella lag unbekleidet auf dem Rücken im Bett und schlief tief und fest. Er hörte, wie sie atmete, leise und gleichmäßig – so wohlbehütet und sicher als sei sie in Abrahams Schoß. Neben ihr lag das aufgeschlagene Buch von Frank Hubert: *Der*

Wüstenplanet. Seite 32. Sie war noch nicht weit gekommen. Wahrscheinlich hatte sie es angefangen zu lesen, während sie auf ihn wartete. Er wunderte sich, dass sie sich anscheinend für Science-Fiction Romane interessierte.

Ihre makellose Haut, die langen, dunklen Wimpern, die schmale Nase, hohen Wangenknochen und vollen, roten Lippen, ihr glänzendes Haar und wohlgeformten Brüste ließen seinen Blick für eine Sekunde an ihr kleben und an schöne Momente erinnern.

Eine junge, erfolgreiche und attraktive Frau, die ihr Studium mit Bravour gemeistert hat, im Beruf erfolgreich war und als Matriarchin die Hosen anhatte und auch darüber entschied, wann sie begattet werden wollte, um ihre weitere Zukunft zu planen.

Charles Miene verfinsterte sich. Er zitterte am ganzen Körper, bekam eine Gänsehaut.

Ein Teufel in Engelskostüm! Sie nahm die Rolle ein, die ihm eigentlich zustand. Er kannte es nicht anders. Weder von zu Hause noch aus seinem Freundeskreis. Überall waren es die Männer, die bestimmten wo es lang ging und die die Familien ernährten. Er hasste sie dafür, diesen Platz eingenommen zu haben. Und er hasste sie dafür, dass es in Zukunft so bliebe – jedenfalls, solange seine Pechsträhne anhalten würde und sich die Welt gegen ihn verschworen hätte.

Ein Mann muss tun, was ein Mann tun muss!

Er nahm sein Jagdmesser und rammte es mit voller Wucht in die linke Brust seiner Frau. Sie schnellte überrascht nach oben, hatte die Augen weit aufgerissen, schnappte nach Luft und klammerte sich mit einer

183

Hand an die Schulter ihres Mannes, ließ dann langsam los und glitt sachte auf das Bett. Sie stöhnte vor Schmerzen, hechelte und starrte ihn erschrocken an.

Charles stach noch zweimal zu. Stille! Sie lag mit weit aufgerissenen Augen da, den Mund leicht geöffnet – so, als wolle sie ihrem Mörder noch etwas mitteilen.

Er schloss ihre Augenlider, zog die Bettdecke über ihren nackten Körper und legte das Buch behutsam auf den Nachttisch.

Dann knipste er das Licht aus, schloss leise die Türe hinter sich und ging ins Wohnzimmer.

Er schrieb auf einen Notizblock:

An die zuständige Institution!
Mitternacht: Mutter ist bereits tot. 1 Uhr: Beide tot.

Das ist das Ergebnis der Erziehung meines Vaters, dem meine Mutter die besten fünfundzwanzig Jahre ihres Lebens gewidmet hat und der ihr das Leben zur Hölle machte. Ich hasse ihn dafür abgrundtief! Heute habe ich meine Liebsten nicht getötet, sondern nur von ihrem Leid befreit, dass sie hatten und das sie auch in Zukunft begleitet hätte. Ich bin zu dem Ergebnis gekommen, dass es das Leben nicht wert ist, gelebt zu werden – für mich, aber auch für alle anderen.

Sollte meine Lebensversicherung ausgezahlt werden, zahlen sie damit meine Schulden ab und spenden den Rest an eine Stiftung für psychische Gesundheit. Vielleicht kann die Forschung Vorfälle, wie diesen in Zukunft vermeiden. Sagen sie meinen Schwiegereltern, dass ich Isabella geliebt habe. Mein letzter Wunsch ist es, nach der Autopsie verbrannt zu werden.

Er steckte das Schreiben in einen Umschlag und beschriftete ihn mit den Worten:

8-1-66: Ich konnte es nie ganz schaffen. Diese Gedanken sind zu viel für mich!

Dann zündete er sich eine Zigarette an. Vor ein paar Stunden noch undenkbar. Zu heftig wären die Beschimpfungen seiner Frau gewesen, als dass er das riskiert hätte. Aber das war jetzt Geschichte.

Er lief planlos in der Wohnung herum. Die Kopfschmerzen setzten abermals ein, er nahm zwei Dexedrine Tabletten, setzte sich für ein paar Minuten auf die Veranda, atmete tief durch und schaute in den Sternenhimmel, der ihm auf einmal zum Greifen nahe vorkam – und dann wieder endlos weit entfernt zu sein schien.

Die Kopfschmerzen ließen nach. Er ging zurück ins Haus, holte den großen, grünen Seesack aus dem Arbeitszimmer, auf dem in goldenen Buchstaben *Lance Cpl.C.Brown* aufgestickt war, schleppte ihn in die Küche und verstaute Vorräte darin: Erdnüsse, Sandwiches, Dosen mit Rosinen, Pflaumen und Würstchen – kleine Kanister mit Wasser und Benzin, ein Seil, Fernglas, Transistorradio, Toilettenpapier, Pflaster und Deodorant.

Dann lief er in den Gartenschuppen, wo er seine Waffen aufbewahrte, schleppte eine schwere, sargähnliche Holzkiste in das Wohnzimmer und legte eine Auswahl an Waffen davor: Ein Remington 700 ADL-Gewehr, ein Universal M1 Karabiner, das Remington Modell 14, die halbautomatische Schrotflinte Sears Modell 60, den 357

Magnum Revolver, die Luger P08, zwei Galesi Brescia Pistolen und als letztes noch ein Jagdmesser.

Er zerlegte und reinigte jede einzelne Waffe, bevor er sie sorgfältig in die Holzbox platzierte.

Um 4 Uhr morgens hatte er seine Vorbereitungen abgeschlossen. Er schloss die Augen für einen Augenblick und schlief ein.

Als er zwei Stunden später wach wurde, brühte er sich schnell einen Kaffee auf, fuhr mit seinem Pick-up in die Stadt und kaufte sich bei *Home Depot* eine stabile Sackkarre als Transporthilfe.

Danach ging es weiter zu *Chuck´s Gun Shop,* dem härtesten Konkurrenten seines Vaters in der Stadt, wo er siebenhundert Schuss Munition kaufen wollte.

„Wozu brauchen Sie so viel Munition? Glauben Sie, die Sowjets marschieren morgen bei uns ein?", fragte ihn der verdutzte Verkäufer.

„Ich gehe Wildschweine und Elche jagen."

„Hier gibt es weder Wildschweine noch Elche, Sir."

„Nicht hier! In Kanada, Neufundland! Da vermehren sich die Elche so schnell wie hier die Ratten. Die kanadische Regierung zahlt für jeden geschossenen Elch eine hohe Prämie, weil sie die ganzen Birken und Tannen wegfressen und auch vor jungen Setzlingen keinen Halt machen. Ein lohnendes Geschäft!"

Der Verkäufer nickte erstaunt und hob den Daumen.

„Gute Geschäftsidee! Davon hatte ich noch gar nichts gehört. Und man trifft bei so großen Tieren auch immer ins Schwarze", witzelte er und half seinem Kunden, die Einkäufe auf der Ladefläche des Pick-ups zu verstauen.

Charles fuhr noch zu *Jennys Restaurant*, setzte sich an die Theke und bestellte sich ein American Breakfast, mit Bacon, Eiern, Pancakes, French Toast mit Ahornsirup und jeder Menge starken Kaffees und Orangensaft.

Er fühlte sich gestärkt für den Tag und war fest entschlossen, seine Mission zu Ende zu bringen und diesmal nicht zu versagen.

Als er wieder zu Hause war, telefonierte er mit der Schulleitung und entschuldigte Isabella für ihr Fernbleiben an diesem Tag, weil sie sich wegen ihrer Schwangerschaft ständig übergeben musste und starke Unterleibsschmerzen hatte.

Der Direktor war verwundert über die Nachricht, zeigte allerdings großes Verständnis, gratulierte Charles zu dem freudigen Ereignis und wünschte seiner Mitarbeiterin schnelle Genesung.

Als er danach die Absenz seiner Mutter wegen Fiebers bei *Taco-Bell* ankündigte, zeigte der Filialleiter weniger Mitgefühl, sondern brüllte durch den Hörer, dass er so kurzfristig keinen Ersatz finden könne und legte pikiert auf.

Charles war es egal. Er verglich noch einmal den Inhalt der Holzbox mit einer angefertigten Liste, hackte Position für Position ab und war zufrieden. Es fehlte nichts. Er hatte an alles gedacht. Es konnte losgehen!

Er zog sich frische Klamotten an – seine neuen Turnschuhe, Blue Jeans und ein weißes Poloshirt. Darüber seinen Arbeits-Overall, den ihm Isabella erst vor kurzem gewaschen und geflickt in den Schrank gehängt hatte.

Er schwitzte. Das Thermometer zeigte 38 Grad im Schatten an. Es war 10:40 Uhr. Er fühlte sich gut. Seine Energiereserven waren mobilisiert. Sein Herz pumpte schneller als sonst, das ausgeschüttete Adrenalin leistete ganze Arbeit.

Er verstaute die schwere Holzkiste auf der Ladefläche seines Pick-ups und bedeckte sie mit einer Plane. Dann ging er noch einmal zum Appartement zurück – ins Schlafzimmer. Als er die Türe öffnete, schlug ihm ein muffiger, leicht süßlicher Geruch entgegen.

Er schlug die Decke zurück. Isabella lag wie ein übernatürlicher Engel im Bett – blass, grazil und wunderschön, wie auf eine höhere Bewusstseinsstufe entrückt.

Er beugte sich über sie und gab ihr einen Kuss auf die kalte Stirn.

VII.

Um 11 Uhr erreicht Charles Brown den Campus der Universität, stellt das Auto auf einem reservierten Parkplatz ab und ist gerade dabei die schwere Holzkiste abzuladen, als ihn ein Wachmann anspricht.

„Sie dürfen hier nicht stehenbleiben. Der Parkplatz ist für die Verwaltungsleitung reserviert."

„Ich habe den Auftrag, die defekte Klimaanlage des Direktors zu reparieren. Er hätte sicherlich kein Verständnis dafür, wenn er bei 40 Grad in einem nicht klimatisierten Büro sitzen müsste."

Der Wachmann mustert ihn skeptisch, während er sich das Autokennzeichen notiert.

„Wie lange brauchen Sie für die Reparatur?"

„Höchstens eine Stunde."

Er nickt flüchtig. „Was ist in der Kiste?"

„Mein Werkzeug und die Ersatzteile."

Der Wachmann zögert kurz und zeigt dann Richtung Glockenturm.

„Aber beeilen Sie sich! Ich komme in zwei Stunden noch mal vorbei. Wenn Sie dann noch hier stehen, lasse ich den Wagen abschleppen."

Charles macht eine OK-Hand und fährt mit der beladenen Sackkarre Richtung Glockenturm. Schweiß läuft ihm die Stirn herunter in seine Augen, über den Rücken in seine Boxershorts. Er läuft an Studenten vorbei, die auf Parkbänken sitzen, diskutieren oder auf dem Weg in die Hörsäle sind.

Vor dem Eingang zum Turm öffnet ihm eine zufällig anwesende, asiatisch aussehende Studentin mitleidsvoll die schwere Tür und lächelt ihn freundlich an. Er lächelt zurück, bedankt sich flüchtig und fährt mit der Sackkarre bis vor den Fahrstuhl des Wahrzeichens der Universität.

Angenehme Kühle und das Halbdunkel des Eingangsbereiches lassen ihn entspannen. Stille, nachdem die schwere Eingangstür zugeschlagen ist. Keine Besucher in Sicht. Kurzes Klingelzeichen – die Türen des Fahrstuhles öffnen sich langsam. Er schiebt die Sackkarre mit der Holzkiste vorsichtig hinein und drückt die rot unterlegte Taste für den 28. Stock – daneben ist ein kleines, rotes Schild angeklebt: *Aussichtsplattform für Publikum. Besuchszeiten: Montag – Samstag, 13 – 18 Uhr.*

Die Türen schließen sich, der Fahrstuhl setzt sich schwerfällig in Bewegung. Es kommt ihm wie eine Ewigkeit vor, bis ein lautes Bimmeln die Ankunft an sein Ziel ankündigt, sich die Türen schleppend öffnen und er die Sackkarre langsam bis zu dem Schreibtisch der Empfangsdame schiebt, neben der sich die Ausgangstür zur Aussichtsplattform befindet.

Die 47-jährige Emma Toll legt ihr Sandwich überrascht beiseite und schaut ihn mit großen Augen an. Ein Besucher in Overall mit einer großen Kiste macht keinen Sinn – ein Handwerker ist für heute nicht angekündigt und die offizielle Besuchszeit beginnt erst in zwei Stunden.

Jetzt erinnert sie sich an ihn. Es ist der gleiche junge Student, der vor ein paar Tagen schon einmal hier war und sich nach den Öffnungszeiten und dem Besucheraufkommen erkundigte.

Sie steht auf und zeigt amüsiert auf die Kiste.

„Was wollen Sie damit? Was ist da drin? Sie sind doch der Student, mit dem ich mich vor ein paar Tagen so nett unterhalten habe." Sie lächelt ihn verschämt an.

Aber Charles reagiert nicht. Er steht wortlos vor ihr, wischt sich den Schweiß von der Stirn, öffnet die Verschlüsse der Kiste, holt die abgesägte Schrotflinte heraus und grinst sie an.

Ohne zu überlegen, springt sie um den Schreibtisch herum und will gerade ins Treppenhaus fliehen, als ein dumpfer Donnerschlag zu hören ist – gerade so, als sei eine Melone aus großer Höhe auf die Straße gefallen und aufgeplatzt.

Emma Toll fällt zu Boden, direkt vor seine Füße. Aus ihrem Hinterkopf strömt Blut auf den frisch gewachsten Linoleumboden. Sie stöhnt, hebt kurz den Kopf und sieht ihrem Peiniger direkt in die kalten Augen. Der grinst noch immer, hebt die Flinte und schlägt ihr mit voller Wucht den Kolben ins Gesicht. Das Stöhnen hört auf, doch Charles erkennt noch das Zucken ihrer Augenlider. Er hebt sie auf und zerrt ihren erschlafften Körper auf die Couch neben den Schreibtisch.

Er braucht sich nicht weiter um sie zu kümmern. Sie ist zum Sterben verdammt.

Er geht zum Fahrstuhl und blockiert gerade die Tür, als er plötzlich Stimmen mehrerer Personen im Treppenhaus hört, die lauter werden. Er schaut über das Geländer und erkennt zwei männliche Jugendliche, die ein paar Stockwerke unter ihm die Treppenstufen heraufgestürmt kommen - augenscheinlich im Wettbewerb, wer als Erstes die oberste Ebene erreicht. Hinter ihnen folgen vier Erwachsene, die es etwas gemächlicher angehen lassen und sich am Handlauf des Geländers nach oben kämpfen und immer wieder eine kurze Pause einlegen, um Luft zu holen.

Als die Jugendlichen auf den letzten Stufen zur obersten Etage sind, tritt Charles hinter einem Mauervorsprung hervor und steht nur wenige Meter von dem 16-jährigen Mark Fletscher entfernt, der erschrocken stehenbleibt, als er die Gefahr erkennt.

Ein ohrenbetäubender Widerhall donnert durch das Treppenhaus. Kurz danach ein zweiter und dritter.

Charles steht am Ende der Treppenstufen und feuert auf alle beweglichen Ziele unter ihm. Lädt nach und feuert erneut. Lautes Geschrei, hektische Flucht, in Deckung gehen!

Fletcher liegt durch einen Kopfschuss getötet in der Ecke des Treppenhauses, seine Tante einige Meter von ihm entfernt auf dem Rücken. Eine Schrotladung hat sie mitten ins Herz getroffen. Der andere Jugendliche und seine Mutter schleppen sich schwerverletzt die Treppenstufen hinunter; der Rest der Familie sucht in einer kleinen Nische in der 26. Etage Schutz.

Charles ist zufrieden. Die Touristen werden ihn nicht weiter behelligen.

Um 11:43 Uhr betritt Charles Brown die Plattform des Glockenturms, der auf allen vier Seiten von einem zwei Meter breiten Gang umgeben ist.

Er holt einen Zettel aus der Tasche seines Overalls, auf dem er sich präzise notiert hat, wo jeder Gegenstand seinen Platz finden soll. Dann drapiert er die Waffen entsprechend dem Plan in alle Himmelsrichtungen – griffbereit und geladen, damit er ohne Zeitverzug von einer Position zur nächsten laufen und sofort schießen kann.

Er verkeilt die Tür zur Plattform mit der Sackkarre, stellt die Holzkiste davor und setzt sich seine Baseball-Kappe auf. Er blickt in den wolkenlosen Himmel. 39 Grad. Die Sonne brennt erbarmungslos. Kein Schatten hier oben. Der leichte, warme Wind aus Osten bringt auch keine Abkühlung.

Er zieht den Overall aus, trocknet sich den Kopf und seine Hände mit einem Handtuch ab und schaut über die Brüstung. Alles wirkt freundlich und unaufgeregt an diesem Montag. Keine Anzeichen von Hektik. Vielleicht dem zurückliegenden Wochenende geschuldet, wahrscheinlich jedoch der Gluthitze, bei der sich jede Art von Anstrengung von selber verbietet.

Er nimmt das Fernglas und mustert den Campus nach einem lohnenden Ziel. Aber eigentlich sind alle Ziele lohnend da unten. Die künftige Elite einer Nation, für die er sich immer eingesetzt hatte, egal ob bei den Pfadfindern oder beim Militär und die er jetzt verachtet, hasst und töten wird. Menschen, die ihn künftig anweisen würden, was er zu tun und zu lassen hat, nur weil sie einen Uni-Abschluss hatten und er nicht.

Er stockt bei einer hochschwangeren, jungen Frau und ihrem Begleiter, die keine dreihundert Meter entfernt auf dem Gehweg spazieren, sich verliebt anschauen, ab und zu stehenbleiben, um sich zu küssen und dann beschwingt weitergehen und lachen.

Ein leichtes Ziel für den Anfang. Nicht zu verfehlen. Er nimmt sein Gewehr und visiert die Frau an. Erst den Kopf und dann den Bauch.

Ein heller Knall schallt über das Campusgelände. Einige Studenten bleiben abrupt stehen, suchen vergeblich nach der Ursache des ungewohnten Geräusches, die meisten laufen unbeeindruckt weiter.

Die Frau liegt in den Unterleib getroffen halb auf dem Gehweg, halb auf der Rasenfläche, die Hände auf dem Bauch – ihr Begleiter über sie gebeugt, wild gestikulierend und nach Hilfe schreiend.

Ein zweiter Schuss. Er fällt in den Kopf getroffen, wie ein nasser Sack, auf die Rasenfläche und ist sofort tot.

Auf dem hellen Untergrund des Gehweges die versprengten Reste seines Denkorgans und Bluts. Leute eilen herbei, wollen helfen, sind entsetzt über das, was sie sehen, zucken zusammen, schütteln ungläubig den Kopf und rufen nach Hilfe. Ein Mann aus der Menschentraube zeigt auf den Glockenturm, wo sich die Schmauchwolke des Schusses wegen des geringen Windes nur langsam auflöst.

Schreie, Panik! Die Menschen laufen hektisch auseinander, suchen Deckung. Die getroffene Frau wird von zwei Helfern an den Armen hinter einen großen Baum gezogen, ihr Freund bleibt leblos auf dem Rasen zurück.

Das war es mit der Familienplanung!

Charles lacht leise vor sich hin, legt das Gewehr sorgfältig an seinen vorgesehenen Platz zurück, läuft zur gegenüberliegenden Seite des Turms und schaut herunter.

Auch hier sind alle Aktivitäten zum Stillstand gekommen. Nichtsahnend, in welcher Gefahr sie sich befinden, sind die Menschen stehengeblieben, schauen sich hilflos um und suchen vergeblich nach der Ursache der Schüsse und der entfernt zu hörenden Schreie des Entsetzens.

Charles lacht hämisch, zielt und drückt ab. Ein junger Medizinstudent sackt zusammen, mitten in die Stirn getroffen. Die Leute unten zeigen Richtung Plattform, laufen weg und suchen nach Deckung. Er ist entdeckt, wechselt auf die Westseite des Turms, hat freien Blick auf die mit Geschäften gesäumte Guadeloupe-Street, die umtriebige Einkaufsstraße am Campus.

Ziele in Hülle und Fülle! Eine junge Frau sitzt auf einer Bank vor einem Schreibwarenladen und wartet auf ihren Freund. *Schuss!* Die Kugel durchschlägt ihren Schädel und die dahinter liegende Schaufensterscheibe. Der Freund kommt gehetzt aus dem Laden gelaufen, will ihr helfen und bricht in die Brust getroffen tödlich zusammen.

Die Menschen geraten in Panik, laufen unkontrolliert durcheinander, schreien vor Entsetzen und suchen Deckung hinter allem, dass sie vor dem Sniper auf dem Turm schützen könnte.

Sirenengeheul! Die ersten Streifenwagen der Stadtpolizei und Texas Ranger treffen ein. Die Polizisten springen hektisch aus ihren Fahrzeugen und versuchen die Menschen in nahegelegene Gebäude zu bringen, um dem Heckenschützen kein weiteres Ziel zu bieten.

Positionieren sich selber und schießen mit ihren Pistolen und Gewehren zurück – ein aussichtsloses Unterfangen bei der großen Entfernung.

Vereinzelte Einschläge an der Brüstung des Turms. Charles hört es zischen. Staub wirbelt hoch. Er geht hinter die 30 cm dicke Mauer in Deckung und lacht aus vollem Hals. Keine Gefahr! Da müsste die United States Army schon mit Granatwerfern anrücken, um ihm gefährlich werden zu können. Das weiß er noch aus seiner Zeit bei den Marines.

Er schaut durch die Entwässerungsschlitze in der Wand der Brüstung und benutzt sie als Schießscharte.

Patrolman Bob Seagul, dreiundzwanzig Jahre alt, als einer der ersten Polizisten am Tatort, hockt hinter einem schweren, säulenförmigen Steingeländer in

Deckung und versucht die Menschen zu beruhigen, als eine Kugel zwischen die Säulen zischt und ihn tödlich in die Brust trifft.

Vans der lokalen Radio- und Fernsehsender treffen ein, parken in einer Seitenstraße außerhalb der Sichtweite des Snipers. Positionieren ihre Kameras und Mikrofone und berichten live von den blutigen Ereignissen – senden Interviews über den Äther, von verstörten Menschen, die genauso wenig wissen wie sie selber. Die ungeduldig und abgehetzt vor Mikrofonen stehen, den Blick ängstlich hin und her schweifen lassen und ihren Kopf bei jedem Schuss automatisch einziehen. Von Bildern des Turms, den Einschlägen unzähliger Kugeln auf der Brüstung, dem Aufwirbeln des Kalksteins bei jedem Treffer und den vielen Menschen, die in Lebensgefahr reglos auf dem Boden kauern, sich tot stellen und sich vor Angst kaum trauen zu atmen.

Terry Ratfield wollte gerade Mittagspause machen - sich unten an der Straße an dem mobilen Imbissstand beim Inder einen Hot Dog und eine Coca-Cola kaufen, als Anderson völlig aufgelöst in das Büro stürmte und ihm von den Ereignissen am Campus berichtete.

„Eine Massen-Schießerei! Ein Amoklauf! Ein Sniper hat sich auf dem Glockenturm auf dem Campus verschanzt und schießt wahllos auf Menschen. Es gibt bisher mindestens 9 Tote und unzählige Verletzte. Was sollen wir jetzt machen, Terry?"

Ratfield brauchte nicht lange zu überlegen. Für einen solchen außergewöhnlichen Fall gab es Notfallpläne. Er hatte vor zwei Jahren selber daran mitgearbeitet, hätte jedoch nie damit gerechnet, dass sie einmal in die Praxis umgesetzt werden müssten.

„Killing Spree!", schrie er seinem Kollegen hektisch zu. „Lösen Sie sofort *Code Killing Spree* aus! Ich möchte, dass sich alle Kräfte der Highway Patrol, Stadtpolizei, Texas Ranger und jeder, der eine gottverdammte Waffe halten kann, in zehn Minuten am festgelegten Treffpunkt einfinden." Er überlegte kurz und brüllte Anderson an.

„Und verständigen Sie General McLoydt! Er soll mir den besten zur Verfügung stehenden Scharfschützen der Marines schicken! Pronto!"

Anderson verschwand genauso schnell, wie er gekommen war.

Ratfield musste sich sammeln. Einen klaren Kopf behalten. Noch nie war es in Austin zu so einem Vorfall derartigen Ausmaßes gekommen. Und selbst in den Vereinigten Staaten konnte er sich nur an einen Amoklauf an einer High School in Pasadena erinnern, als eine Killermaschine fünf Menschen erschoss und viele verwundete. Aber das lag schon einige Jahre zurück.

Er schaltete das Transistorradio an.

Hier spricht John McDonalds vom Campus der Universität von Texas in Austin. Das ist eine Warnung an alle Bürger! Vom Glockenturm auf dem Campus schießt ein Wahnsinniger auf Menschen. Es gibt Tote. Bleiben sie zu Hause, kommen sie nicht zum Tatort. Die Polizei hat die Lage im Griff…

Er holte seine Pistole aus der Schreibtischschublade, schob das Patronenmagazin ein, ließ sich ein Gewehr aus der Waffenkammer kommen und machte sich auf den Weg zur Universität.

Überall Stau! Kaum ein Durchkommen, trotz Blaulicht und Sirene. Er fuhr über Gehsteige, rote Ampeln, Stoppschilder und erreichte nach zehn Minuten den Treffpunkt am südlichen Ende des Campus.

Ein Lichtermeer umlaufender Lichtkegel der Einsatzfahrzeuge in blau und rot erwarteten ihn. Kreuz und quer abgestellte Polizeiwagen, die Türen teilweise geöffnet, dahinter Polizisten mit Gewehren im Anschlag. Krankenwagen, die wie auf einer Perlenschnur aneinandergereiht am Straßenrand standen und auf Fracht warteten. Sanitäter, die Verletzte in geduckter Haltung hektisch auf Tragen transportierten, einige mit einem weißen Tuch zugedeckt, durch das Blut gesickert war.

Schreie, Schüsse, Sirenengeheul! Chaos! Menschen, die weinend die Hände vor das Gesicht hielten und einige, die so erschrocken zum Glockenturm starrten, als sei ihnen gerade der Messias erschienen.

Ratfield bahnte sich den Weg durch die geschockte Menschenmenge und öffnete die Tür zum Meeting Raum der Bibliothek, die im Krisenfall als Treffpunkt der Entscheider diente.

Er kam als letzter. Die anderen drei waren schon da und würdigten ihn nur eines flüchtigen Blickes. Der Polizeipräsident gab dem Bürgermeister und dem Major General einen ersten Überblick über das Geschehen.

„Wir sind nicht sicher, ob es sich um einen Einzeltäter handelt oder mehrere Personen. Die Schüsse werden jedenfalls aus allen Himmelsrichtungen abgegeben –

völlig unberechenbar, aber sehr treffsicher. Es muss sich um einen oder mehrere exzellente Schützen handeln. Das letzte Opfer war mehr als fünfhundert Meter vom Turm entfernt."

Er wischte sich den Schweiß von der Stirn und trank gierig ein Schluck Wasser.

„Alles Treffer in den Kopf oder die Brust – nur bei einer Hochschwangeren in den Bauch. Wir haben mittlerweile über hundert Einsatzkräfte vor Ort, die mit allem schießen, was ihnen zur Verfügung steht."

Schweigen.

Er tippte nervös mit einem Bleistift auf den Tisch und schüttelte resigniert den Kopf.

„Aber die Reichweite unserer Waffen ist nicht ausreichend. Dafür sind sie nicht ausgelegt. Ein Treffer wäre reine Glückssache. Bloß darauf können wir uns nicht verlassen, meine Herren."

Betretenes Schweigen.

„Deshalb habe ich ein Leichtflugzeug mit einem Scharfschützen der Polizei angefordert, dass in der Lage ist, verhältnismäßig langsam über den Tatort zu fliegen, vielleicht zu intervenieren oder uns zumindest weitere Informationen zukommen zu lassen."

„Wir könnten den Turm auch gleich mit Granaten beschießen oder eine kleine Bombe darauf werfen", mischte sich der Major General ein und lachte dreckig. „Dann ist da oben Ruhe! Das garantiere ich Ihnen."

Der Bürgermeister schaute ihn entsetzt an.

„Sie wollen das Wahrzeichen unserer Stadt in Schutt und Asche legen, nur weil wir nicht in der Lage sind einen Wahnsinnigen auf einem Turm zu stoppen? Was sollen die Bürger von uns halten?" Er winkte verächtlich ab. „Sie würden wahrscheinlich auch eine Kakerlaken-Plage mit einer Atombombe bekämpfen."

Der Major General lachte zynisch. „War nur so ein Gedanke von mir. Nichts für ungut, Bürgermeister."

„Terry, wie schätzen Sie die Lage ein?", fragte der Polizeipräsident erwartungsvoll.

Ratfield zermarterte sich das Hirn. Es fiel ihm schwer einen klaren Gedanken zu fassen. Die Schwüle und hohe Luftfeuchtigkeit in dem kleinen Raum machten ihm zu schaffen. Keine Klimaanlage, nur ein kleiner Deckenventilator, der stockend lief und keine Wirkung zeigte.

„Die Idee mit dem Leichtflugzeug ist auf jeden Fall einen Versuch wert. Wir sollten uns trotzdem alternative Handlungsmöglichkeiten offenlassen und nicht alles auf eine Karte setzen."

Pause.

„Deshalb habe ich bei General McLoydt einen Scharfschützen angefordert. Den Besten, den sie uns zur Verfügung stellen können, so, wie es das Szenario bei *Killing Spree* auch vorsieht." Er schaute angespannt auf seine Uhr.

„Ich hoffe, er trifft bald ein! Bis dahin sollten wir auf keinen Fall untätig bleiben, sondern versuchen in den Turm nach oben zu gelangen und die Gefahr vor Ort zu beseitigen."

„Völlig unmöglich!", entgegnete der Polizeipräsident fassungslos. „Sie wären ein leichtes Ziel für ihn, wenn sie zum Turm gelangen wollten. Da gibt es keine

Deckung, alles freies Schussfeld! Der knallt sie ab wie ein Karnickel!"

Schweigen.

„Außerdem funktioniert der Fahrstuhl nicht. Er hat ihn wahrscheinlich blockiert. Das hat eine Frau berichtet, die auf dem Weg zur Plattform war und von deren Familie er mindestens zwei Personen kaltblütig erschossen hat. Zwei weitere müssen noch schwerverletzt irgendwo im Turm sein." Er schüttelte den Kopf. „Kommt nicht in Frage, Terry! 28 Stockwerke bei dieser Hitze und in Deinem Alter!"

Ratfield schaute seinen obersten Dienstherrn erstaunt an. Man traute ihm also nicht mehr zu, einen hundert Meter hohen Turm über das Treppenhaus hinaufzusteigen und eine Gefahrensituation zu klären. Warum eigentlich nicht? Weil er den Hunde-Sniper nicht gefasst hatte oder weil er über fünfzig Jahre alt war und bald in Pension gehen würde? Noch war er im Dienst!

„Ich nehme Anderson mit!"

„Anderson?"

„Ein guter Mann! Ich kann mich auf ihn verlassen."

Schweigen.

Der Polizeipräsident schaute in ratlose Gesichter.

„Also gut, Terry! Du kannst es versuchen. Aber versprich mir, dass Du keine unnötigen Risiken eingehst."

Wann ist ein Risiko in einer solch gefährlichen Situation nötig und wann unnötig? Hohler Spruch! Das ist in etwa so als ob man einem Selbstmörder, der vom 30. Stock eines Hochhauses springen will, sagt: Versprich mir aber, dass du dir nicht wehtust, wenn du unten aufschlägst! Ein gutes Gewissen ist ein sanftes Ruhekissen. Zauderer!

In Ratfield brodelte es, dennoch nickte er verständnisvoll.

„Und mach mir keine Vorwürfe, wenn Du die Pension nicht erlebst und nicht zum Angeln nach South Dakota gehen kannst."

Ratfield stand schon an der Tür, als er sich noch einmal umdrehte.

„North Dakota, Jim! Ich ziehe nach North Dakota!"

Charles fühlt sich sicher, solange er mit seinem Kopf unterhalb der Brüstung bleibt. Die dicke, stabile Mauer ist ein unüberwindbares Hindernis für seine Angreifer. Nur einmal hatte sich ein Querschläger durch eine Schießscharte der Brüstung verirrt und war in der Wand stecken geblieben. Glücksschuss!

Er trinkt eine Flasche Wasser in einem Zug aus. Die Sonne brennt unerbittlich. Wind kommt auf. Ein laues Lüftchen aus östlicher Richtung, das weder Abkühlung bringt noch seine Treffsicherheit gefährden kann. Er nimmt seine Kappe vom Kopf, setzt sie auf den Gewehrlauf und hält sie kurz über die Brüstung. Sofort setzt eine Salve von Schüssen ein, aber alle verfehlen ihr Ziel. Er schüttet sich Wasser über den Kopf und zieht sich die Kappe wieder auf, schaut auf seine Armbanduhr. Er ist schon eine Stunde auf dem Turm. Er isst ein Käsesandwich, so wie früher, wenn er in den Wald gegangen ist. Ein vertrautes, gutes Gefühl.

Er wechselt die Stellung, guckt durch eine Schieß-scharte. Nichts bewegt sich. Gespenstige Stille. Kein Verkehr mehr auf den Straßen. Alles abgeriegelt.

Er schaut durch das Fernglas, erkennt bei näherem Hinsehen Menschen auf dem Boden kauern – hinter Bäumen, Hecken oder Wänden Deckung suchend. Be-müht, sich möglichst wenig zu bewegen und keine Auf-merksamkeit auf sich zu lenken. Er spürt ihre Angst, er ist Herr ihres Schicksals, denn er ist ein hochdekorierter Scharfschütze der Marines.

Irgendetwas bewegt sich im Hintergrund. Ein Rad-fahrer, weit entfernt, mindestens sechshundert Meter. Ein bewegliches Ziel – eine Herausforderung! Er zielt, atmet ruhig und drückt ab. Sofort peitschen unzählige Geschosse an die Brüstung und verwirbeln den abge-sprengten Kalkstein in der heißen Luft.

Er schaut vorsichtig mit dem Fernglas durch die Schießscharte und sieht sein Opfer auf dem Rücken lie-gen, eine große Wunde in der Brust, das Fahrrad ein paar Meter entfernt. Volltreffer! Aus der Entfernung! Er spürt ein wenig Stolz für das, was er kann. Das macht ihm so schnell keiner nach.

Aus der Ferne plötzlich unbekannte Geräusche. Er sieht in den wolkenlosen Himmel und erkennt, wie sich ein kleines, rotes Flugzeug von Norden her langsam nä-hert, eine Cockpittür weit geöffnet. Ein uniformierter Mann schaut heraus, in der Hand ein Gewehr. Als die Maschine an dem Turm vorbeifliegt, zischen Geschosse an Charles vorbei, treffen eine Wasserflasche, die Holz-kiste und seinen Rucksack – aber nicht ihn.

Er zielt mit der Schrotflinte und drückt ab.

Klack, Klack, Klack!

Er kann die Treffer an den Flügeln und dem Rumpf der Maschine hören, läuft auf die gegenüberliegende Seite und feuert mit seinem Remington Gewehr das Magazin leer.

Das Flugzeug dreht nach Westen ab und zieht eine dunkle Rauchwolke hinter sich her.

Ratfield und Anderson stehen abgehetzt vor dem Hauptportal des Glockenturms.

Sie haben die Aktion mit dem Flugzeug dazu genutzt zum Portal zu laufen, in der Hoffnung, der Sniper werde durch die Aktion so abgelenkt sein, dass er sie nicht bemerke. Ein Himmelfahrtskommando mit glücklichem Ausgang!

Ratfield bekommt keine Luft, hat die Arme auf die Oberschenkel gestemmt, den Kopf gesenkt, als ihn der Pilot der Maschine anfunkt.

Terry, es ist nur ein Täter. Schwer bewaffnet. Haben ihn leider nicht erwischt. -Pause- Er allerdings uns! Mehrere Treffer am Rumpf und den Tragflächen. Motor beschädigt. Auslaufendes Öl. Keine Personenschäden. Müssen landen. Passt auf Euch auf! Das ist eine Killermaschine. Viel Glück! Over and Out!

Im Hintergrund ist lautes Motorengeräusch mit gelegentlichen Aussetzern zu hören.

Anderson öffnet die Tür zur Eingangshalle des Turms. Kühle Luft schlägt ihnen entgegen. Sie schnaufen durch. Totenstille. Sie gehen zum Fahrstuhl, drücken den Knopf – nichts passiert, wie erwartet.

Sie legen alle überflüssigen Sachen ab. Funkgerät, Handschellen, Portemonnaies und Armbanduhren. Platzieren alles neben der Tür, kontrollieren noch einmal ihre Waffen, Munition, nicken sich stumm zu und machen sich auf den Weg in den 28. Stock.

Sie ahnen nicht, was sie erwartet.

Austin, Greenwood Avenue. 12:27 Uhr

„Komm endlich ins Bett, Darling! Lass uns noch ein wenig kuscheln."

„Ich kann nicht mehr, Hellen. Ich bin völlig ausgepumpt." Er zuckte zur Entschuldigung mit den Schultern. „Außerdem ist es schon Mittag."

„Na und? Du hast Urlaub." Sie warf ihm einen einladenden Blick zu und spielte mit ihren Brüsten.

„Bald sehen wir uns wieder wochenlang nicht. Da kannst Du ruhig ein wenig vorarbeiten."

„In ein paar Tagen fahren wir zusammen in den Urlaub. Schon vergessen? Kalifornien, San Diego, Santa Barbara, Sonne, Meer und Surfen!" Er seufzte tief.

„Und nicht dieses stockkonservative, republikanisch und katholisch geprägte Austin, wo jeder der nicht mindestens ein mal in der Woche in die Kirche geht, schon als potenzieller Atheist und Bolschewist angesehen wird."

Er lachte höhnisch, schaltete die Kaffeemaschine an, paffte eine Zigarette und blätterte ziellos im *Austin Chronicle*.

Sie winkte beleidigt ab und drehte sich auf die andere Seite.

Es klingelte an der Haustür. Erst einmal, dann mehrmals hintereinander.

„Geh Du, Darling. Ich habe nichts an."

„Ich habe auch nur meine Shorts an", sagte er pikiert. „Wer kann das sein?"

„Wie soll ich das wissen? Wahrscheinlich der Postbote. Vielleicht auch meine Nachbarin, der mal wieder irgendwelche Zutaten für den Kuchen fehlen." Sie lachte neckisch. „Du kannst ruhig halbnackt an die Tür gehen. Die steht auf durchtrainierte Männer!"

Dauerklingeln!

„Ist ja gut! Ich komme schon!", brüllte er genervt, klemmte sich die Zigarette in den Mundwinkel, schlurfte zur Tür und machte auf.

Er traute seinen Augen nicht! Vor ihm standen zwei uniformierte Militärpolizisten, vor dem Haus ein *Chevrolet Bel Air* mit eingeschaltetem Blaulicht und laufendem Motor.

„First Lieutenant, Richard Lederman?"

Er nickte verdutzt.

„Ziehen Sie sich sofort an! Nehmen Sie Ihr Gewehr mit. Es geht um eine akute Notlage nationaler Tragweite. Alles andere erzählen wir Ihnen auf der Fahrt."

Die Kommissare hetzen die Stufen hoch. Ratfield hebt den Arm. Er braucht eine kurze Pause. 15. Etage. Anderson bleibt stehen und schaut seinen Kollegen mitleidig an. Er selber ist zehn Jahre jünger, Nichtraucher und ernährt sich halbwegs gesund – keine Burger oder Hot Dogs, keinen Alkohol, viel Obst und Gemüse, keinen Kaffee – jetzt macht es sich endlich bezahlt.

Sein Kollege sitzt erschöpft auf einer Treppenstufe und schnauft durch, hechelt, wie ein Jagdhund beim Apportieren, schaut ihn mitleiderregend an, wischt sich mit dem Hemdärmel den kalten Schweiß von der Stirn und lässt den Kopf erschöpft hängen.

Schüsse von oben hallen gedämpft durch das Treppenhaus – gefolgt von unzähligen Gewehrsalven der Polizei und der vielen Freiwilligen, die sich mittlerweile an der Jagd auf den Sniper beteiligen.

Anderson überlegt kurz, ob er ohne seinen Kollegen weiterlaufen soll. Jedenfalls zählt jede Minute. Er verwirft den Gedanken schnell wieder. Schließlich ist es Ratfield gewesen, der die Idee hatte ihn mitzunehmen, um den Sniper auf der Plattform zu überraschen und unschädlich zu machen. Ohne ihn wäre er gar nicht hier.

„Geht's Dir gut, Terry?"

Sein Kollege blickt gequält auf und lächelt ihn so an, als wolle er sagen: *Noch bin ich im Dienst!* Dann zieht er sich mühsam am Geländer nach oben, schüttelt sich kurz und rennt los – nicht mehr so schnell wie vorher, aber dafür beständig dem Ziel entgegen.

Charles hockt hinter dem Steingeländer in Deckung, zieht die Kappe tiefer ins Gesicht. Die Sonne brennt unerbittlich, die Hitze ist kaum auszuhalten.

Er zuckt zusammen! Ein lauter, dumpfer Glocken-schlag direkt über ihm. Big Ben hat 13 Uhr geschlagen. Er ist schon über eine Stunde hier oben.

Er holt sein Transistorradio aus der Holzkiste und schaltet es an.

Ein Massenmörder befindet sich unterhalb der Uhr des Glockenturms auf dem Universitätsgelände und feuert auf Menschen. Die Polizei erwidert das Feuer. Es gibt noch keine Informationen darüber, um wen es sich handeln könnte und was seine Motive für die Tat sind. Fest steht nur, dass es mittlerweile 15 Tote und unzählige Verletzte gibt.

Charles schaltet das Radio aus. Er ist unzufrieden, hat bei der Vielzahl an abgegebenen Schüssen mit mehr Toten gerechnet.

Inspiziert noch einmal die Gegend durch eine Schießscharte und erkennt in der Ferne einen Reporter mit Mikrofon, neben ihm eine große Fernsehkamera. Vielleicht berichtet er gerade live für das Fernsehen. Welch ein Spektakel, würde er ihn vor Millionen von Fernsehzuschauern einfach erschießen!

Er visiert den Reporter an, seine Hand zittert leicht. Er atmet aus und will gerade abdrücken, als Wind aufkommt. Er wartet ab. Ein neuer Versuch. Ein Schuss, erwidert vom Sperrfeuer seiner Jäger.

Er legt eine Pause ein, guckt dann durch sein Fernglas. Der Reporter liegt am Boden, hält eine Hand an seine Schulter und wird von dem Kameramann hinter ein Haus geschleift.

Kein guter Schuss! Vielleicht der Wind. Er hat sein Ziel um wenige Zentimeter verpasst.

Er lehnt sich mit dem Rücken erschöpft an die Brüstung und wartet ab.

13:04 Uhr. Richard Lederman hat auf dem Flachdach eines Hauses Stellung bezogen, liegt ruhig auf dem Bauch und hat mit seinem M-14 Präzisionsgewehr die Südseite des Glockenturms im Visier. Die Seite, von der die Polizisten sagen, dass von dort die meisten Schüsse abgegeben worden sind.

Er konzentriert sich auf die kleinen Schießscharten in der Mauer, durch die helles Licht strömt. Sollte sich einer der Schlitze plötzlich verdunkeln, weiß er, dass der Sniper mit seinem Körper gerade hinter der Brüstung ist und den Schatten wirft. Eine andere Möglichkeit für einen Treffer hat er nicht, es sei denn, der Wahnsinnige würde sich über der Brüstung zeigen. Doch für so dumm hält er ihn nicht.

Ein Schuss vom Turm aus. Dutzende Schüsse zurück. Staubwolken von zerborstenem Kalkstein behindern kurz seine Sicht. Er beobachtet, wie ein getroffener Fernsehreporter von seinem Kameramann hinter ein Haus gebracht wird. Der Staub ist verflogen. Er konzentriert sich wieder auf die Schießscharten.

Plötzlich ein Lichtwechsel an einer Scharte. Er drückt sofort ab. Es ist 13:09 Uhr.

Charles nimmt ein kurzes, lautes Zischen und einen heftigen Schlag gegen seine rechte Schulter wahr. Sein Gewehr fällt ihm aus der Hand in den Schoß. Er ist getroffen! Ein Schuss mittendurch sein Schultergelenk - durch die Schießscharte, an deren Mauerwerk er sich angelehnt hat. Wahrscheinlich ein Querschläger, ein Glücksschuss!

Es brennt fürchterlich. Er kann den rechten Arm nicht mehr bewegen. Er kann nicht aufstehen, sein Kreislauf spielt verrückt. Sein Polo-Shirt tränkt sich rot. Er überlegt und weiß: Er ist hilflos und kann die Mission nicht weiter fortsetzen. Es ist zu Ende!

Er faltet die Hände zum Gebet.

Ich bekenne Gott, dem Allmächtigen,
und allen Brüdern und Schwestern,
dass ich Gutes unterlassen und Böses getan habe.
Ich habe gesündigt in Gedanken, Worten und Werken!

Er schlägt sich mit der linken Hand auf die Brust.

Durch meine Schuld,
durch meine Schuld,
durch meine große Schuld.
Darum bitte ich die selige Jungfrau Maria,
alle Engel und Heiligen,
für mich zu beten bei Gott, unserem Herrn.
Amen.

Er bekreuzigt sich andächtig und wartet auf die Erlösung.

Ratfield schaut um die Ecke. Niemand zu sehen. Keine Schüsse zu hören. Er muss kurz innehalten, den Puls nach unten bringen und gleichmäßig atmen. Sie haben eine Meisterleistung vollbracht.

Aber jetzt kommt es darauf an! Er ist zwar ein wenig aufgeregt, doch nicht so stark wie in dem Augenblick, als er beschlossen hat, den Turm mit seinem Kollegen zu besteigen, um den Heckenschützen unschädlich zu machen. Er ist entschlossen! Fest dazu entschlossen, dieses grausame Schauspiel zu beenden und seine Karriere zu einem würdigen Ende zu bringen. Er blickt auf Anderson. Der lächelt ihn kurz an und hebt den Daumen.

Sie schleichen den Gang entlang zur Ausgangstür auf die Plattform. Anderson kann sie einen Spalt breit öffnen – Platz genug, um mit seiner Hand die Sackkarre umzustoßen. Dann stemmen sie sich gemeinsam gegen die Tür und drücken sie langsam auf, Zentimeter für Zentimeter, die Holzkiste vor sich her schubbernd.

Endlich ist die Tür offen. Gleißendes Licht trifft auf ihre Augen und macht sie für einen Moment blind. Brütende Hitze schlägt ihnen entgegen.

Nichts zu sehen von dem Sniper. Überall Gewehre, Pistolen und Munition sorgfältig auf dem Boden drapiert; leere Wasserflaschen, Patronenhülsen und ein ordentlich zusammengelegter Overall, darauf eine angebrochene Tüte Erdnüsse.

Sie suchen an der Innenseite des Turms Deckung und schieben sich vorsichtig und geduckt, langsam auf die Südseite – die Waffen im Anschlag.

Plötzlich entdecken sie ihn! Keine zehn Meter entfernt. Auf dem Boden kauernd, gegen die Brüstung gelehnt. Die linke Hand auf der rechten Schulter, blutverschmiert. Auf seinen Oberschenkeln ein Remington-Gewehr, Modell 14. Ein junger Mann, blond,

Bürstenhaarschnitt, der sie erwartungsvoll angrinst. So, als wolle er sagen: Seht her, ich habe es allen gezeigt! Ihr kommt zu spät!

Für einen kurzen Augenblick hat Ratfield das Gefühl, er habe ihn schon einmal gesehen. Aber das ist jetzt unwichtig.

Der junge Mann nimmt die linke Hand von seiner Schulter und schaut Ratfield direkt in die Augen. Der Ermittler ist für einen kurzen Moment wie paralysiert, tritt aus der Deckung, den Revolver im Anschlag, leicht zitternd und feuert das gesamte Magazin seiner Walther PPK-Pistole in die Richtung des Snipers. Schmauch- und Staubwolken in der Luft. Der Mann hält sich das linke Bein, grinst noch immer. Nur ein Treffer bei sechs Schüssen! In eine Extremität!

Ratfield spürt, wie Anderson ihn entschlossen zur Seite schiebt, sich breitbeinig vor den Sniper stellt und mit seiner Backshot-Schrotflinte abdrückt. Ein lauter, dumpfer Knall. Die Rückwand der Balustrade voll Blutspritzer. Ein leichtes Zucken des Getroffenen. Anderson lädt in aller Ruhe nach, zielt kurz und drückt nochmals ab. Der Oberkörper kippt leblos zur Seite, getroffen in Kopf, Hals und Brust. Ein entsetzlicher Anblick, nur schwer zu ertragen! Das Gesicht des Mannes nur noch zu erahnen, sein Grinsen nicht mehr zu erkennen.

Die Polizisten schauen sich kurz an, schnaufen durch. Eine Last ist von ihnen abgefallen. Doch die Freude, die sie sich durch den Tod des Snipers erhofft haben, bleibt aus. Sie haben funktioniert. Sie haben Schlimmeres verhindert, Leben gerettet. Nur darum geht es bei diesem Job. Um nicht mehr und nicht weniger!

Anderson klopft seinem Kollegen erleichtert auf die Schulter, greift nach einem auf dem Boden liegenden Handtuch und schwenkt es übermütig über die Balustrade - als Erkennungszeichen dafür, dass die Gefahr beseitigt ist.

Die Uhr des Glockenturms zeigt 13:24 Uhr.

Ratfield beobachtet seinen Kollegen. Er bewundert ihn dafür, im entscheidenden Moment cool geblieben zu sein, die Sache im Griff gehabt zu haben. Das hat er ihm nicht zugetraut. Er hielt ihn bis vor kurzem eigentlich für einen Erbsenzähler und Bürohengst, der ihm durch seine Wahnvorstellungen über den Hunde-Sniper gewaltig auf die Nerven ging.

Er stockt! Hunde-Sniper? Plötzlich wird ihm schlagartig klar, woher er den Sniper kennt. Er hat ihn vor einiger Zeit verhört als einen der möglichen Verdächtigen in dem Fall – ihn allerdings wegen seines Alters, Benehmens und Engagements für den Staat und die Gesellschaft, als Verdächtigen endgültig ausgeschlossen. Ein fataler Irrtum, wie sich jetzt herausgestellt hat.

Es wird Zeit, dass ich in Pension gehe und Anderson mein Nachfolger wird. Ein guter Analytiker. Er lag mit seiner Prophezeiung richtig. Eine gute Wahl.

VIII.

Terry Ratfield saß in seinem Büro. Der Standventilator auf seinem Schreibtisch sorgte für ein laues Lüftchen. Er schlürfte seinen Kaffee und dachte nach.

Vor ihm lag der Autopsie-Bericht über die Leichenöffnung von Charles Brown. Fünf lange Seiten, schwer verständlich. Gespickt mit medizinischen Fachausdrücken, deren Bedeutung er teilweise nachschlagen musste.

Die Ärzte der Universitätsklinik hatten bei Brown einen Hirntumor in Pekannuss Größe festgestellt, ein sogenanntes Astrozytom mit einer geringen Nekrose. So wie es Ratfield verstand, hielten es die Gutachter dennoch für nahezu ausgeschlossen, dass der Befund ursächlich etwas mit den Taten zu tun gehabt haben könnte.

Er schüttelte den Kopf. Was veranlasst einen so jungen Mann, der sein ganzes Leben noch vor sich hatte, zu solchen Taten? Seine eigene Mutter und Ehefrau bestialisch zu ermorden? Sie nicht einfach zu erschießen, sondern zu quälen und sie in dem Bewusstsein sterben zu lassen, ihn als Mörder und letzten Menschen auf der Welt gesehen zu haben? Er verstand es nicht. Aber er konnte auch nicht nachvollziehen, weshalb man einfach Hunde erschießt, die man vorher noch nie gesehen hat und die einem nichts getan hatten. Und womöglich auch einen Priester, dem er früher als Ministrant diente und zu dem seine Mutter ein freundschaftliches Verhältnis pflegte. Bloß diese Tat wird man Charles Brown nicht nachweisen können.

Bei der Durchsuchung seiner Wohnung fanden die Kollegen der Spurensicherung noch ein üppiges Waffenarsenal. Gewehre, Pistolen, Macheten und sogar drei Handgranaten aus alten Beständen des Marine Corps, die er dort wahrscheinlich gestohlen hatte. Was, um Gottes Willen, wollte er mit den Handgranaten?

Was trieb diesen jungen Mann an? Ein unendlicher Hass gegen alle Menschen, sogar gegen die eigene Ehefrau und Mutter? Weil sein Leben nicht so verlaufen war, wie er es sich vorgestellt hatte? Und warum hat er seinen Vater verschont? Ausgerechnet den Menschen, den er nach eigenen Aufzeichnungen am meisten hasste?

„Um ihn ein Leben lang mit den bohrenden Fragen der Reporter nach seinem missratenen Sohn zu quälen", hatte ihm Anderson gestern geantwortet. „Das war seine Art der Rache an diesem Tyrannen!"

Vielleicht hatte Anderson auch in diesem Fall Recht. Nicht zum ersten Mal!

Es klopfte an seiner Bürotür. Adolphus Brown trat ein. Er hatte ihn einbestellt, um ein abschließendes Interview zu führen und herauszufinden, ob sein Sohn womöglich noch für andere, nicht aufgeklärte Morde der letzten Jahre in Austin und Umgebung in Betracht kam. Vorschrift! Dann konnte er den Fall abschließen. Und endlich auch den des Hunde-Snipers!

Adolphus Brown saß aufrecht auf dem Stuhl. Schwarzer Anzug, weißes Hemd mit Krawatte,

Hornbrille, filigrane Gesichtszüge – eine gepflegte Erscheinung.

Ratfield konnte gar nicht glauben, dass dieser Mann zu solchen Gewaltexzessen in der Lage war, wie sie sein Sohn in den Tagebüchern beschrieben hatte.

Eine harmlose, unscheinbare Erscheinung. Andererseits hatte er sich schon einmal von Äußerlichkeiten blenden lassen…mit katastrophalen Folgen! Hätte er damals sauber ermittelt und sich von Charles Brown die Aufenthaltsnachweise geben lassen, säßen sie vielleicht jetzt nicht hier und Menschen wären noch am Leben. Doch er versuchte diese Gedanken zu verdrängen – zu viele Konjunktive, zu wenig Gewissheit! Es sollte ihn nicht belasten.

Er wollte lieber die bevorstehende Pensionierung genießen, die vielleicht letzten unbeschwerten Jahre, die ihm noch blieben.

Er drückte dem Vater sein Beileid aus, fragte nach der Biografie seines Sohnes, nach außergewöhnlichen Ereignissen und versteckten Hinweisen, die auf die späteren Taten schließen ließen.

Doch Adolphus Brown zuckte jedes Mal unwissend die Schultern.

„Mein Sohn hatte einen Tumor im Kopf. Was später geschah, war nicht mein Sohn. Es waren die Taten eines kranken, jungen Mannes."

Er erzählte von der Beerdigung seiner Frau und seines Sohnes im Memorial Park vor ein paar Tagen, der gemeinsamen Bestattungsfeier und Beisetzung, der patriotisch drapierten *Stars and Stripes* Flagge auf Charles

Sarg, auf die er als Veteran des Marine Corps ein An-recht hatte, egal was auch passiert war. Und der vielen dummen und überflüssigen Fragen der Reporter, die ihn seitdem regelrecht belagerten. Den unzähligen Briefen der Angehörigen der Getöteten, die nach einem Grund für die schreckliche Tat suchten, den er ihnen nicht liefern konnte. Er warf die Briefe einfach in den Papierkorb.

„Einige Leute sagen, ich war ein strenger Vater. Dabei stimmt das nicht! Es kam mir immer nur darauf an, meinem Sohn beizubringen, was richtig und was falsch ist. Eine Werteordnung, die ihm als Richtschnur in seinem weitern Leben dienen sollte. Schade, dass er nicht auf mich gehört hat. Wer konnte schon ahnen, dass er so schwer krank war."

Dann erzählte er mit glänzenden Augen von der Leidenschaft seines Sohnes für Waffen, von seinen außergewöhnlichen Schießkünsten und den vielen Preisen und Medaillen, die er schon als Kind und später als Soldat dafür gewonnen hatte.

„Er konnte schon als 12-jähriger Bub einem Eichhörnchen aus fünfzig Meter Entfernung ein Auge ausschießen", erzählte er stolz mit einem Lächeln auf den Lippen.

Ratfield glaubte es. Den Beweis dafür hatte er auf dem Campus gesehen: 15 Tote und über 30 Schwerverletzte.

Adolphus tippte ungeduldig mit dem Finger auf seine Armbanduhr.

„Haben Sie noch Fragen an mich, Detective? Ich habe wenig Zeit, muss mich um meine Geschäfte kümmern."

Er stand ungeduldig auf.

„Ich habe vor zwei Tagen ein neues Geschäft in San Antonio eröffnet und die Leute rennen mir die Bude ein und verlangen alle nach einem Remington Gewehr, Modell 14…"

Er schaute Ratfield erwartungsvoll an.

„…die Waffe, die Charles bei seiner Tat benutzt hat."
Schweigen.

Brown zuckte die Schultern. „Das Leben geht weiter, auch ohne Frau und Sohn. Man darf seine Ziele nicht aus den Augen lassen", sagte er belehrend, während er die Tür öffnete und verschwand.

„Ein Mann muss tun, was ein Mann tun muss!", dachte Ratfield laut nach.

„Sagte schon der große Philosoph John Wayne im Jahre 1939, in dem Western *Stagecoach*", ergänzte Anderson, der lässig im Türrahmen gelehnt seinen Vorgesetzten angrinste.

„Wie fühlst Du Dich an Deinem letzten Tag als Polizist, Terry?"

„Beschissen wäre geprahlt!", antwortete der lakonisch. „Ich würde mich besser fühlen, wenn auch dieser eiskalte Tyrann seine gerechte Strafe bekommen hätte."

Ratfield hatte einen Tag nach dem Amoklauf für sich entschieden, seine Pensionierung um ein paar Monate vorzuziehen und auf einen kleinen Teil der Bezüge zu verzichten. Er hatte erlebt, wie schnell und unerwartet das Leben plötzlich zu Ende gehen konnte.

Immerhin ging er hochdekoriert in den Ruhestand: Ausgezeichnet mit der Tapferkeitsmedaille der Polizei von Austin für seinen mutigen und selbstlosen Einsatz im Kampf gegen den Sniper. Anderson wird auf seinen Vorschlag hin sein Nachfolger werden.

Das Telefon im Vorzimmer klingelte.

„Der Polizeipräsident ist dran!", rief seine Assistentin. „Ich stell ihn durch."

Rattfield nahm den Hörer ab.

„Mein lieber Terry! Ich möchte nicht versäumen, Ihnen nochmals für alles zu danken und Ihnen für Ihren letzten Lebensabschnitt alles Gute zu wünschen. Viel Gesundheit, Glück und ein langes Leben. Und wenn Sie in den Gewässern von South Dakota angeln, dann: Petri Heil!"

„Ich ziehe nicht nach South Dakota, Jim! Es ist North Dakota!"

„South- oder North Dakota! Was spielt das für eine Rolle?"

„Die entscheidende!", fauchte Ratfield beleidigt in den Hörer und legte einfach auf.

„Vergiss Deinen Ventilator nicht!", ermahnte ihn Anderson, als er seine Sachen zusammenpackte.

Aber Ratfield winkte verärgert ab.

„Schenke ich Dir, Anderson. Brauche ich in North Dakota nicht."

Er wischte sich den Schweiß von der Stirn und schüttelte genervt den Kopf.

„No City for Old Men!"

Zwei Jahre später. Donnerstag, der 1. August 1968

I.

„Du musst Dich beeilen, Richard! Dein Surf-Kurs beginnt gleich und es macht keinen guten Eindruck, wenn ausgerechnet der Surflehrer zu spät kommt."

„Ich weiß, Hellen." Richard Lederman trank seinen Kaffee aus und zündete sich eine Zigarette an. Er schaute auf seine Uhr. Er hatte noch ein wenig Zeit. Kein Grund zur Hektik. Er brauchte keine zehn Minuten vom *Ocean Front Walk* zum *South Mission Beach*, wo er sich einen kleinen Holzschuppen angemietet hatte, um die Surfbretter und anderen Utensilien für sein Business zu verwahren, dass er seit einem Jahr betrieb.

Die Geschäfte liefen nicht so gut, wie er es sich ursprünglich vorgestellt hatte. Es gab Tage in der Woche, da hatte er keine einzige Anmeldung. Dann nutzte er die freie Zeit, um selber auf dem Pazifik zu surfen, sich in die Sonne zu legen oder in einer der zahlreichen Strandbars einen italienischen Espresso zu trinken.

Für heute hatten sich vier Teilnehmer angekündigt. Fortgeschrittenenkurs. Zwei Touristen aus Deutschland, ein Frührentner aus der Stadt und ein dekadenter Hippie, der es cool fand, entweder als Wellenreiter auf dem Wasser zu glänzen oder als Demonstrant gegen den Vietnamkrieg auf die Straße zu gehen. Er brauchte sich um seine Zukunft keine Sorgen machen. Er hatte reiche Eltern.

Lederman hätte ihm am liebsten gesagt, er solle mit seiner Existenz etwas Sinnvolles machen; vielleicht als Sozialarbeiter oder Platzanweiser im Kino arbeiten, alternativ zum Militär gehen, um ein wenig Ordnung in sein Leben zu bekommen. Trotzdem sagte er nichts.

Schließlich war er selber erst vor achtzehn Monaten bei den Marines ausgeschieden, nachdem er sich lange Zeit über den Sinn des Lebens Gedanken gemacht hatte, in Ramstein, Deutschland. Bei den Krauts! Weit weg von der Heimat, gefangen in einem durchgetakteten Tagesablauf, wo ihm eigentlich keine Zeit für tiefsinnige Überlegungen blieb.

Aber ihn quälte die Tatsache, dass es ausgerechnet er war, der seinem ehemaligen Kameraden und Freund den finalen Schuss versetzte, der dessen endgültiges Ende einläutete. Mag es auch noch so notwendig und richtig gewesen sein.

Im Gegensatz zum üblichen Prozedere war der Tote hier kein anonymer Feind oder Pappkamerad – er hatte ein Gesicht und eine Geschichte, die ihm teilweise bekannt waren. Ein außergewöhnlicher Umstand bei der Arbeit eines zertifizierten Snipers des Marine Corps.

Da konnte er nicht einfach zur Tagesordnung übergehen, einen Apple Pie mit Sahne essen, der Bedienung nachpfeifen und sich dabei mit den Kameraden dreckige Witze erzählen.

Er hatte Auszeichnungen der Marines und des Staates Texas für seinen Kunstschuss durch den Lüftungsschlitz erhalten. In den Nachrichten und Zeitungen wurde sein Name genannt, sein Foto gezeigt. Die Leute erkannten ihn auf der Straße. Trotzdem war er nicht stolz darauf. Im Gegenteil! Er fühlte sich wie ein Verräter. Wie ein prämierter Mörder. Wie ein Turnierpferd, dem man nach dem Sprung über ein Hindernis als Belohnung ein Stück Zucker gibt und davon ausgeht, dass es auch das nächste Mal wieder über die Barriere springen wird.

Er ekelte sich plötzlich vor sich selber. Konnte nicht mehr in den Spiegel gucken, ohne dass ihm schlecht wurde, obwohl er nur seinen Job gemacht hatte. Nämlich möglichst effizient Menschen kampfunfähig zu machen, sie notfalls auch zu töten. Die Feinde Amerikas: Terroristen, Kommunisten, Verräter oder wie an jenem 1. August 1966 – seinen ehemaligen Kameraden Charles Brown.

Er war ein legaler, hochdekorierter und angesehener Killer gewesen! Nicht mehr und nicht weniger!

Daran hatte er sich bis zu jenem Tag eigentlich nie gestört, obwohl man ihm schon während der Ausbildung eingeimpft hatte, dass die Marines keine Gutmenschen, sondern Killermaschinen mit Jagdinstinkt suchten. Er hatte es einfach so hingenommen oder nicht verstanden.

Doch irgendwann holte ihn sein schlechtes Gewissen ein.

Er wollte keine Killermaschine sein! Er war Richard Lederman, ein kalifornischer Sonnyboy mit einem Denkorgan zwischen den Ohren und Empfindungen im Herzen, der lieber die *Beach Boys* hörte als die Hurra-Schreie oder das Schnarchen seiner Kameraden und der lieber auf dem Meer surfte, als auf eine Zielscheibe zu schießen.

Er erinnerte sich an einen Spruch von John Wayne, den Charles einmal zitierte, als sie auf Guantanamo Streife liefen.

Ein Mann muss tun, was ein Mann tun muss!

Wie wahr! Und er handelte!

Er trat frühzeitig aus dem Marine Corps der Vereinigten Staaten aus, eröffnete die Surfschule in South Mission Beach, verlobte sich mit Hellen und sie lebten von Luft und Liebe, ohne festgelegten Tagesablauf und ohne zu wissen, was der Tag bringen würde.

Hellen hatte ihm einmal erklärt, wie man dieses Phänomen nennt: Leben!

Sie war eine schlaue Frau! Auch deshalb liebte er sie so.

„Mr. Lederman, ich schaffe es einfach nicht eine Welle komplett zu reiten! Was mache ich falsch?", fragte ihn der Hippie verzweifelt nach dem Training.

„Du musst mehr üben und solltest Einzelstunden bei mir buchen. Ich sehe großes Talent in Dir!"

Die Gesichtszüge des Hippies hellten sich plötzlich auf. „Meinen Sie wirklich?"

„Auf jeden Fall! Du hast so etwas entschlossenes in Deinen Augen!"

Richard Lederman lachte über sein schauspielerisches Talent. Der Freak hatte in etwa genauso viel Talent zum Surfen, wie er selber als Finanzbuchhalter in der Verwaltung hätte.

Trotzdem war es ihm egal. Er war jetzt Geschäftsmann und nur seinem Gewissen gegenüber verantwortlich.

II.

Adolphus Brown saß an diesem Donnerstag Abend in seinem Ohrensessel, ein Glas Whisky in der Hand und freute sich über die vorzüglichen Umsatzzahlen, die ihm sein Controller für das erste Halbjahr gemeldet hatte.

Das Glück war auf seiner Seite. Sein Business boomte nach wie vor, überall zweistellige Zuwachsraten. Er könnte sich von heute auf morgen zur Ruhe setzen, wenn er wollte. So viel war sicher.

Er spielte eine Zeitlang mit dem Gedanken, seine Geschäfte einfach zu verkaufen und nach Florida zu ziehen, vielleicht Key West oder Palm Beach. Oder in die Karibik. Jamaika, Saint Lucia und die Bahamas lockten mit Steuererleichterungen erheblichen Ausmaßes. Hauptsache irgendwohin, wo ihn keiner kannte und ihm keine lästigen Fragen mehr nach seinem vermaledeiten Sohn gestellt wurden. So wie in den letzten beiden Jahren, an denen nahezu kein Tag vergangen war, an dem das Telefon nicht schellte und ein penetranter Reporter nach den Motiven seines Sohnes für die Taten fragte.

Seitdem ging er nicht mehr ans Telefon. Wer etwas von ihm wollte, musste persönlich bei ihm vorbeikommen. Aber auch das schreckte die Klatschpresse nicht ab. In den Monaten nach den Taten standen die Medienvertreter täglich vor seiner Tür und bettelten darum, näheres zu erfahren; versprachen sogar üppige Prämien, würde er die Exklusivrechte der Story nur an sie verkaufen.

Trotzdem prostituierte er sich nicht. Geld alleine konnte ihn nicht mehr reizen, er hatte mehr als genug davon. So viel, dass er sich den Kopf darüber zermarterte, wie er es am besten anlegen könnte. Doch es fiel ihm nichts mehr sinnvolles ein.

In die Sicherheit seines Hauses hatte er schon vor über einem Jahr ein Vermögen investiert: Alarmanlagen, Bewegungsmelder, Sichtschutz, elektrisch gesicherte Zäune und die Beauftragung eines Sicherheitsdienstes, der mehrmals täglich vor dem Haus patrouillierte und ungebetene Gäste abschrecken sollte.

Er lebte weitestgehend isoliert von der Gesellschaft. Nur die gelegentlichen Kontrollbesuche in seinen Geschäften bildeten eine Ausnahme. Und Camila, seine afroamerikanische Haushälterin, die sich von 7 Uhr bis 16 Uhr um den Haushalt und ihn kümmerte, die Zeitung reinholte und auf den Tisch legte, putzte und für ihn kochte.

Ab und zu schaute auch Nancy Willis vorbei, brachte ihm selbstgebackenen Kuchen oder Schoko-Muffins mit und sie plauderten ein paar Minuten über längst vergangene Zeiten.

Einmal hatte er auch die Grabstätten seiner Frau und seines Sohnes besucht, aber konnte dabei nichts empfinden. Keine Trauer, keine Freude daran, dass sie einmal Teil seiner Familie waren und keine Erinnerungen an schöne Momente. Alles wie weggeblasen oder niemals vorhanden gewesen.

Das Einzige, was er vermisste, war das Frage- und-Antwort-Spiel mit Charles. Er hatte sich sogar schon öfter dabei ertappt, wie er beim Abendessen

Selbstgespräche führte, sich selber laut die Wissensfragen zu den amerikanischen Präsidenten stellte und sich auch selber die Antworten darauf gab. Natürlich ohne Fehler! Das schaffte so schnell kein anderer; nicht einmal sein Sohn hatte das geschafft, trotz eines IQ von 140!

Er war gerade kurz eingenickt, als es an der Tür klingelte. 19 Uhr. Wer wagte es, ihn zu dieser Uhrzeit noch zu stören? Vielleicht wieder einer dieser hartnäckigen Reporter, die er noch nicht kannte? Denn allen anderen hatte er persönlich verboten sein Grundstück zu betreten und drohte ihnen im Fall der Zuwiderhandlung mit einer Anzeige wegen Hausfriedensbruchs. Seitdem hatten sie von ihm abgelassen.

Er schlurfte zur Haustür und öffnete sie mit der linken Hand, während er mit der anderen den Gewehrlauf der Schrotflinte hielt, die neben der Tür gelehnt war.

Vor ihm stand ein elegant gekleideter Mann im dunklen Anzug und mit Aktenkoffer, der ihn freundlich anlächelte.

„Adolphus Brown?"

Er nickte erstaunt.

„Mein Name ist Paul McLean. Ich war der Rechtsanwalt Ihres Sohnes Charles. Er hat mich noch zu Lebzeiten damit beauftragt, Ihnen sein Vermächtnis am zweiten Todestag persönlich zu übergeben."

„Vermächtnis? Mir?"

Der Mann nickte, öffnete seinen Aktenkoffer, holte einen großen Umschlag hervor und drückte ihn Adolphus in die Hand.

„Es war Ihrem Sohn sehr wichtig, dass Sie den Umschlag heute von mir persönlich überreicht bekommen."

„Was soll ich damit? Was ist da drin?"

„Das weiß ich nicht, Mr. Brown. Ihr Sohn sagte damals nur, dass es Ihnen helfen wird, ihn besser zu verstehen."

Adolphus schaute den Mann skeptisch an.

„Was ist, wenn ich den Umschlag nicht entgegennehme?"

„Dann habe ich den Auftrag, ihn dem Chefredakteur des *Austin Chronicle* zu geben."

„Der Zeitung?"

„So hat es Ihr Sohn verfügt, Mr. Brown. Also, wollen Sie ihn behalten oder nicht?"

Adolphus nickte begierig. Er konnte nicht zulassen, dass dieses Revolverblatt noch mehr von dem Tod seines Sohnes profitiert.

„Dann bekomme ich noch eine Unterschrift von Ihnen."

Adolphus signierte die Empfangsbestätigung. Der Mann wünschte ihm noch einen schönen Abend und verabschiedete sich.

Kurz danach war das sonore Brabbeln des V8-Motors eines Dodge Charger zu hören, der langsam die Straße entlangfuhr.

Adolphus starrte wie verzaubert auf den dicken Umschlag. Eine Nachricht von seinem Sohn, *post mortem,* die ihm helfen könnte, die Taten zu verstehen. So der Anwalt.

Es wäre des Rätsels Lösung! Die mögliche Antwort auf tausende von Fragen, die ihm bisher gestellt wurden und auf die er keine Antworten wusste. Eine Sensation! Ein echter Schatz!

Wenn er die Informationen exklusiv an einen Verlag verkaufen würde, wäre er um ein paar hunderttausend Dollar reicher, keine Frage. Er sah schon den Buchtitel vor sich: *The Sniper in the Tower. The True Story of Charles Brown.*

Vielleicht könnte er sogar als Co-Autor auf dem Cover erscheinen. So hätte er auch Einfluss darauf, dass sein tadelloser Ruf nicht geschädigt wird.

Alles nur Verhandlungssache mit dem Verlag. Er würde gleich morgen seinen Anwalt anrufen und ihn mit den Verhandlungen beauftragen.

Adolphus stockte kurz. Erst jetzt fiel ihm die Anrede auf dem Umschlag auf.

An meinen Dad, Adolphus.

Er konnte sich nur an eine Situation erinnern, als Charles ihn so nannte. Als sein Sohn völlig betrunken von seiner High School-Abschlussfeier nach Hause kam und kaum stehen konnte, er ihm seine Grenzen aufzeigen musste und vielleicht ein wenig zu weit gegangen war.

Aber das war Vergangenheit, er konnte es nicht mehr ändern.

Er trank einen großen Schluck Whisky, holte dann den Brieföffner und setzte sich so aufgeregt in den Sessel als sei er ein Kleinkind bei der Bescherung zum Weihnachtsfest.

Er taxierte das Gewicht. Viel schwerer, als er zunächst vermutete. Es mussten mindestens 20 bis 30 Seiten sein. Viel Informationen und eine gute Basis, um ein spektakuläres Buch zu schreiben.

Er machte den Umschlag mit dem Brieföffner nervös auf – ein kleiner Widerstand – ein dünner Draht. Er durchtrennte ihn.

Eine gewaltige Explosion!!!

Anderson stieg vorsichtig über die Trümmer im Wohnzimmer.

Auf dem zerfetzten Ohrensessel war der *Corpus Delicti* von Adolphus Brown oder besser gesagt: Das, was von ihm noch übrig war. Kaum noch zu erkennen, alles blutig, aufgerissen, weggerissen und unvollständig. Der rechte Arm und Fuß fehlten komplett, Gewebereste waren im ganzen Raum verteilt.

„So eine Sauerei am frühen Morgen!", fluchte Anderson, als er um ein Haar über die zerstörte Stehlampe am Boden gefallen wäre.

„Todesursache?", schnauzte er Coroner Gerber genervt an.

Der schaute ihn verwundert an. „Er hat zu viel gegessen und ist geplatzt!"

Anderson schüttelte erzürnt den Kopf. Er war nicht in der Stimmung für diese Art von schwarzem Humor. Nicht so früh am Morgen und schon gar nicht in Anwesenheit eines Ermordeten. Aber wer ständig irgendwelche stinkenden Leichen oder deren Reste inspizierte, dem gestand er ein gewisses Maß an scharfzüngiger

Polemik zu. Denn kein normal besaiteter Mensch konnte diesen Job auf Dauer machen, ohne nicht selber mit der Zeit zu verrohen!

Gerber schaute ihn verschmitzt an.

„Die Sache liegt auf der Hand, Anderson."

„Das heißt?"

Gerber drehte sich zum Tisch, griff nach einer großen Plastiktüte und zog den abgetrennten, rechten, blutverschmierten Arm von Adolphus Brown vorsichtig heraus. Er deutete auf die Hand, an der verbrannte Papierfetzen zu erkennen waren.

„Eine Briefbombe oder was ähnliches. Nicht von schlechten Eltern, sehr professionell konstruiert. Auf jeden Fall wurde der Zündmechanismus durch das Durchtrennen eines dünnen Drahtes ausgelöst. Hier kann man die Reste des eingebrannten Drahtes sehen."

Er zeigte auf die verkohlte Handfläche, in der ein dunkler Strich eingebrannt war.

Anderson konnte kaum hinsehen. So etwas ekelhaftes hatte er zuletzt vor zwei Jahren auf dem Glockenturm gesehen – die von seinen Schrotkugeln zerfetzte Leiche von Charles Brown.

„Todeszeitpunkt?"

„Gestern, zwischen 18 Uhr und 21 Uhr. Genaueres in meinem Bericht." Er kratzte sich nachdenklich am Kopf. „Bemerkenswert ist, dass Brown noch eine Zeit lang gelebt haben muss, bevor er elendig verblutet ist."

„Er war nicht sofort tot?"

Der Coroner schüttelte den Kopf. „Nein, er ist langsam zu Grunde gegangen."

„Kein schöner Tod!"

„Kein schöner Tod!", bestätigte Gerber.

„Hat jemand etwas gehört? Es muss doch eine ordentliche Explosion gegeben haben."

„Hat es auch! Doch seit dem Tod seines Sohnes hat sich der Hausherr regelrecht verschanzt. Eine hohe Hecke um das Grundstück, ohne Sicht auf das Gebäude. Außerdem hat es hier ständig geknallt, er hat täglich auf der Anlage hinter dem Haus geschossen."

„Wer hat ihn gefunden?"

„Seine Haushälterin, als sie heute morgen kurz vor 7 Uhr ankam, ihr als erstes die zerborstenen Fensterscheiben auffielen und sie dann den ganzen Schlamassel im Wohnzimmer entdeckte."

„Ganz schön traurig! Eine ganze Familie innerhalb von zwei Jahren ausgelöscht!"

„So ist es!"

Anderson hatte genug gesehen. Ihm war schlecht. Er musste sich draußen übergeben. Gerber war diesmal zu weit gegangen. Er hätte ihm den abgetrennten Arm nicht einfach so zeigen dürfen ohne Vorwarnung. Aber so waren die Gerichtsmediziner. Im Grunde ihres Herzens alles Sadisten! Abgestumpfte Forensiker, denen es in der Kindheit an Liebe gefehlt haben musste.

Er fuhr schmollend zurück in sein Büro.

Zwei Tage später lag der Untersuchungsbericht von Dr. Gerber auf seinem Schreibtisch.

Sieben lange Seiten. Allein zwei Seiten mit der Aufzählung sämtlicher Verletzungen des Getöteten. Todesursache: Detonation einer Briefbombe, versteckt in einem großen, sonnengelben Versandumschlag und ausgelöst durch das Durchtrennen eines dünnen Drahtes.

Der Coroner hatte Papierschnipsel des Umschlages sichergestellt, auf denen zwei Worte schwach zu erkennen waren: …*Dad, Adolphus*…!

Ein klarer Hinweis auf den Absender und Täter. Er erinnerte sich daran, dass sich Ratfield und er oft darüber gewundert hatten, warum Charles ausgerechnet seinen Vater von seinen Brutalitäten verschonte – jetzt bekam er die Antwort darauf.

Aufgeschoben ist nicht aufgehoben!

Charles Brown hatte es geschafft, sich an seinem Vater auf besonders perfide Art und Weise zu rächen. Ihn erst zwei Jahre den bohrenden Fragen der Medien auszusetzen, um ihn dann am Jahrestag einfach in die Luft zu jagen. Zwei Jahre nach dem eigenen Ableben! Geniale Idee! Aber der Mann war auch hochbegabt!

Jetzt musste die Polizei nur noch den Boten des Umschlages finden.

Er würde heute Abend mit seinem früheren Boss telefonieren, um ihn über die neueste Entwicklung in dem Fall zu informieren.

III.

Terry Ratfield saß in seinem Schaukelstuhl auf der Veranda seines kleinen Holzhauses in Lakota, einer kleinen Gemeinde von ein paar hundert Einwohnern und genoss die letzten Sonnenstrahlen des Nachmittages.

Er hatte einen anstrengenden Tag hinter sich. War schon früh morgens zum Fischen an den Lake Davis gefahren, hatte zwei Hechte und einen Wolfsbarsch gefangen und freute sich darauf, sie morgen Abend mit Fred, seinem Nachbarn, auf den Grill zu legen und bei ein paar Bieren gemütlich zu verspeisen.

Den Rest des Tages hatte er im Wartezimmer seines Hausarztes Dr. Plogger verbracht, denn ihn plagte schon seit Wochen ein trockener Husten, der nicht besser werden wollte – mitten im Hochsommer von North Dakota! Der Arzt, den er aus dem Männergesangsverein kannte, verschrieb ihm ein paar Tabletten und verbot ihm das Rauchen. So, wie man kleinen Kindern verbietet, mit den Fingern in die Steckdose zu fassen.

Er lachte und war glücklich! Das waren die Sorgen, die ihn jetzt plagten. Keine abgeschlachteten Pferde, keine massakrierten Hunde, keine bestialisch ermordeten Menschen. Hier auf dem Dorf in North Dakota war die Welt noch in Ordnung!

Nicht ein Raubdelikt, Wohnungseinbruch, geschweige denn eine Vergewaltigung. Es gab noch nicht einmal eine Kriminalitätsstatistik!

Den Sheriff aus dem benachbarten Michigan kannte er von diversen Bingo-Abenden. Die Hauptaufgabe des

Ordnungshüters bestand darin, Nachbarstreitigkeiten zu schlichten, Falschparker aufzuschreiben und darauf zu achten, dass kein Alkohol in der Öffentlichkeit getrunken wurde.

Er nahm sich ein kühles Michelob aus der Kühlbox und winkte Jeff zu, dem achtjährigen Nachbarjungen, der mit seinem Bonanza-Fahrrad die Straße entlang brauste und immer wieder vergeblich versuchte, einen Wheelie zu machen. Emily, seine Mutter, rief ihn zum Abendessen ins Haus.

Das Telefon klingelte. Als er den Hörer abnahm, war an der anderen Leitung die vertraute Stimme seines früheren Kollegen Anderson, der sich so anhörte, als säße er mitten auf dem Rollfeld eines Großstadtflughafens.

„Das ist die neue Klimaanlage, Terry. Verwandelt jede Wüste innerhalb von Stunden in eine Gletscherlandschaft, ist nur etwas zu laut!"

Anderson erzählte aufgeregt über die neuesten Entwicklungen im Fall Brown; der Briefbombe, durch die Charles seinen Vater *post mortem* in die Luft gejagt hatte, den vielen Berichten darüber in der Zeitung und im Fernsehen und dem schwülen Wetter in Austin, dass unter den Alten und Gebrechlichen schon zu mehreren Todesopfern geführt hatte.

Anderson kündigte seinen Besuch im Laufe des Jahres an, so, wie er es auch schon im Jahr davor getan hatte. Aus reiner Höflichkeit und vorgespieltem Interesse.

Als Ratfield den Hörer auf die Gabel legte, konnte er sich ein Lachen nicht verkneifen. Auch Anderson war nicht unfehlbar. Das wusste er jetzt!

Er gönnte sich gerade einen großen Schluck Bier, als er den blubbernden Sound eines V8-Motors die Straße heraufkommen hörte.

Der knallrote Dodge Charger parkte vor seinem Haus. Ein Mann in Anzug stieg aus, begrüßte ihn kurz, nahm sich ein Bier aus der Kühlbox und setzte sich erschöpft neben ihn auf die Veranda.

„Hat alles geklappt, Terry! Er hat nichts gemerkt und hat mir die Story abgenommen. Alles so verlaufen, wie Du es vorausgesagt hast."

Auf dem Gesicht von Terry Ratfield machte sich ein zufriedenes Grinsen breit.

„Ich weiß! Anderson hat mich gerade angerufen und hat mir alles erzählt."

Austin, der 16. August 1968

„Sind Sie sich sicher?", fragte Anderson die Zeugin.

„Selbstverständlich!", antwortete Nancy Willis eingeschnappt. „Ich habe mir sogar das Kennzeichen des Autos notiert."

Sie durchwühlte ihre Handtasche, legte den halben Inhalt auf den Schreibtisch, bevor sie einen Zettel herauszog und dem Detective überreichte.

DH62B.

„Es war ein roter Dodge Charger."

„Das ist ja so gut wie ein Sechser im Lotto!", freute sich Anderson.

„Spielen Sie Lotto, Detective?"

Anderson winkte genervt ab. Das tat nichts zur Sache und er wollte sich nicht in irgendwelchen Banalitäten verrennen.

„Warum haben Sie sich das Autokennzeichen notiert?"

„West Lake ist auch nicht mehr das, was es einmal war. Wir leben inzwischen in der ständigen Angst, an der nächsten Ecke überfallen zu werden. Margret - Gott hab sie selig - ist das mehrmals passiert. Und selbst Charles wurde als Kind überfallen, als er von der Kirche nach Hause lief. Bandenterror mit Baseball-Schlägern! Das ist die Wirklichkeit, Detective!"

Anderson verdrehte die Augen. Die Kriminalstatistik für dieses Stadtviertel bewies das Gegenteil.

„Auf jeden Fall hatte mich Adolphus gebeten, die Augen offen zu halten und jede Auffälligkeit in der Nähe seines Grundstücks zu notieren. Und glauben Sie mir: Ein knallroter Dodge Charger, der direkt vor seinem Grundstück parkt und aus dem ein Mann mit Aktenkoffer aussteigt und zum Haus läuft - der ist verdächtig und mit Vorsicht zu genießen! Sie wissen bestimmt, dass Mr. Brown seit dem tragischen Tod seines Sohnes einen Haufen Ärger mit der Presse hatte. Ständig belagerten sie sein Grundstück und stellten unverschämte Fragen zum Tod von Charles, Margret und seiner Schwiegertochter."

Sie schluchzte und trocknete sich die Tränen mit einem Taschentuch.

„Deswegen hat er auch die ganzen Sicherheitsvorkehrungen rund um das Haus getroffen. Er musste sich irgendwie vor dem Mob schützen!"

Schweigen.

„Ich war zuletzt vor drei Wochen bei ihm und habe Schoko-Muffins vorbeigebracht. Er liebte Schoko-Muffins! Sie müssen nämlich wissen, dass Margret keine begnadete Köchin war und er sich deshalb über jede Leckerei besonders gefreut hat. Jedenfalls haben wir uns noch darüber unterhalten, wie friedlich und schön es hier früher war. Aber die Zeiten sind vorbei. Heute muss die Nachbarschaft zusammenhalten und selber Vorsorge treffen, weil wir uns auf die Polizei nicht mehr verlassen können."

Anderson nickte gelangweilt. Die Schimpftiraden auf die Ordnungshüter gehörten für ihn mittlerweile genauso zum Arbeitsalltag wie der tägliche Gang auf die Toilette. Sie prallten einfach an ihm ab.

„Ist Ihnen bei ihrem letzten Besuch irgendetwas aufgefallen? Hat sich Brown auffällig benommen?

Sie schüttelte den Kopf.

„Nein, er war so freundlich wie immer."

Am Nachmittag überprüfte Anderson das Kennzeichen, dass sich Nancy Willis am Abend des 1. August 1968 notiert hatte.

Der Wagen gehörte einem gewissen Carl Weiman, dreiundfünfzig Jahre alt. In Bismarck, North Dakota geboren, seit fünfzehn Jahren Grundstücksmakler in Austin, wohlhabend, nicht vorbestraft oder anderweitig auffällig geworden und auf den ersten Blick ohne jegliche Beziehung zu dem Ermordeten. Bloß weshalb war er dann bei Brown?

Er wollte ihn das persönlich fragen und bestellte ihn zur Vernehmung aufs Präsidium.

Vor ihm saß ein großer, gepflegter Mann im Anzug, Nickelbrille und Aktenkoffer, der jedes Klischee bediente, das Anderson von dieser Berufssparte hatte.

Aalglatt, stromlinienförmig und schwer zu fassen!

Als er ihm Vorhaltungen hinsichtlich seines Besuchs bei Adolphus Brown am Abend des 1. August 1968 machte, stritt er es nicht ab. Ganz im Gegenteil!

Er berichtete von seinem Interesse an dem Haus des Waffenhändlers, denn Grundstücke dieser Größe in bester Lage von West Lake waren mittlerweile so selten, dass man sie mit der Lupe suchen musste. Ihm sei zu Ohren gekommen, dass Brown mit dem Gedanken spielte, seine Geschäfte zu verkaufen und die Stadt zu verlassen. Eine einmalige Gelegenheit für einen guten Deal!

„Der frühe Vogel fängt den Wurm!", belehrte er den Detective und lachte höhnisch.

Brown sei sich nicht sicher gewesen, ob er das Haus in absehbarer Zeit verkaufen wolle und so habe er ihm ein paar Unterlagen von seiner Firma und seine Visitenkarte dagelassen, nur für den Fall, dass er es sich anders überlegt. Ein größerer Umschlag sei es keinesfalls gewesen. Die Begegnung habe höchstens zehn Minuten gedauert.

Anderson glaubte ihm nicht. Reine Gefühlssache, Empathie und langjährige Berufserfahrung ließen ihn etwas anderes vermuten. Dennoch konnte er dem Verdächtigen auch nicht das Gegenteil beweisen, denn auf den Rückständen der Briefbombe hatten seine Kollegen weder Fingerabdrücke noch anderes Beweismaterial sichern können. Er wechselte das Thema.

„Sie kommen aus Bismarck, North Dakota, Mr. Weiman. Was für ein Zufall! Mein früherer Chef stammte auch aus Bismarck. Sein Name ist Terry Ratfield. Kennen Sie ihn vielleicht?"

Weiman lächelte. „Natürlich kenne ich Terry! Wir sind zusammen auf die Middle School gegangen, waren beste Freunde und im selben Baseball-Verein. Als er noch in Austin lebte, haben wir uns oft am Mueller Lake getroffen und sind spazieren gegangen oder zum Italiener essen. Es ist schade, dass er fortgezogen ist, nicht wahr, Detective?"

Anderson nickte wie in Trance. Zu viele Gedanken schossen ihm gerade durch den Kopf. Wild und konfus, beängstigend und mit einer bösen Vorahnung versehen. Trotzdem versuchte er sich nichts anmerken zu lassen und ruhig zu bleiben.

„Ja, es ist wirklich schade, dass Terry weggezogen ist. Er war ein loyaler Chef und guter Kollege mit einem ausgeprägten Gerechtigkeitssinn."

„Den hatte er wirklich!", pflichtete ihm Weiman eifrig bei. „Er hat schon in der Schulzeit nicht lockergelassen, bis jeder seine gerechte Strafe bekommen hat. So ist er eben, unser Terry! Als mir einmal ein Mitschüler meinen Malkasten geklaut hat, lauerte er ihm nach der Schule auf, hat ihn verprügelt und nicht nur zur Herausgabe des Gestohlenen gezwungen, sondern auch gleich noch zur Übergabe von zwei Kaugummis, sozusagen als Strafe! Sein Spitzname in der Schule war: *Terry, der Gerechte!"*

Anderson brach das Verhör ab. Er würde Weiman nicht nachweisen können, den Umschlag mit der Briefbombe an Brown gegeben zu haben. Zu selbstsicher agierte der Befragte, zu schlüssig waren seine Einlassungen, auch wenn der Detective wusste, dass sie nicht stimmten.

Aber das war der Preis der Unschuldsvermutung, den er als Ermittler und Demokrat hin und wieder zu zahlen hatte. In diesem Fall: Ein sündhaft teurer Preis!

Manchmal war sein Job nur frustrierend!

North Dakota, drei Monate später

Ratfield schaute auf die große Anzeigetafel des Bismarck Municipal Airports. Die Maschine aus Austin war gerade gelandet. Gleich würde er seinen früheren Kollegen Anderson wiedersehen, nach mehr als zwei Jahren!

Er hatte gar nicht mehr damit gerechnet, hielt die Ankündigungen von ihm immer für Höflichkeitsfloskeln und war ganz überrascht, als Anderson vor ein paar Tagen anrief und seinen Besuch übers Wochenende ankündigte.

Sein Ex-Mitarbeiter winkte ihm schon von weitem ausgelassen zu. Die Begrüßung war herzlich. Die Launen gut.

Auf der Fahrt nach Lakota erzählte ihm Anderson aufgewühlt über den neuesten Stand im Fall Brown - der Begegnung mit Carl Weiman, der aufkommenden Bandenkriminalität in Austin, der katastrophalen Spielweise der Texas Longhorns und seiner Tochter Sophia, die mittlerweile ein College besuchte und einen festen Freund hatte.

Aber Ratfield spürte, dass das alles nur Fassade war und dass es Anderson in Wirklichkeit um etwas anderes ging – um etwas völlig anderes!

Als sie abends in der *Ponderosa-Bar* saßen und schon reichlich Bier und Cocktails getrunken hatten, fasste er sich ein Herz.

„Anderson! Warum bist Du eigentlich hier? Was ist der wirkliche Grund Deines Besuchs?"

Anderson saß mit gesenktem Blick an der Theke, zögerte, eine Hand krampfartig am Glas, als er plötzlich allen Mut zusammennahm, den Kopf entschlossen anhob und Ratfield wütend in die Augen schaute.

„Warum, Terry? Warum hast Du das gemacht?"

Ratfield spürte, dass Anderson eine Last von der Seele gefallen war und er ihn nicht täuschen konnte. Er war eben ein guter Analytiker und nicht umsonst sein Nachfolger geworden.

„Weil ein Mann tun muss, was ein Mann tun muss!"

―――――――――――

Nachwort

Als Charles Whitman am 1. August 1966 den Glockenturm auf dem Campus der Universität von Austin betrat, 15 Menschen tötete und viele verwundete, hielt Amerika den Atem an.

Der erste Amoklauf eines Snipers, über den im Radio und Fernsehen live berichtet wurde wie über ein Football-Spiel der Texas Longhorns.

Eine neue Zeitrechnung hatte begonnen.

Dieser Kriminalroman erhebt nicht den Anspruch, die authentische Geschichte von Charles Whitman zu erzählen - er erhebt noch nicht einmal den Anspruch dem nahe zu kommen, weil es nicht möglich ist. Der Autor wurde lediglich von dem Fall inspiriert, das meiste davon ist seiner Fantasie geschuldet.

Denn wer sich mit den Sachverhalten näher beschäftigt, erkennt schnell, dass es auf die Kardinalfragen, warum und mit welcher Motivation die Morde begangen worden sind, keine abschließende Antwort gibt und geben kann. Zu viele mögliche Ursachen kommen dafür in Betracht, die einzeln oder in ihrem Zusammenspiel der Auslöser für die Massenmorde gewesen sein könnten.

Wir werden es niemals erfahren!

Allerdings stellt sich die Frage, welche Schlussfolgerungen aus diesem Amoklauf gezogen worden sind.

Unzweifelhaft ist, dass diese Tat die Gründung von Spezialeinheiten in Amerika, den sogenannten SWAT-Teams, beschleunigt hat.

Die Aussichtsplattform des Glockenturms blieb zunächst für zwei Jahre geschlossen und wurde dann wieder für die Öffentlichkeit zugänglich gemacht, bevor sie Mitte der 1970er-Jahre wegen mehrerer Suizide erneut nicht mehr betreten werden durfte. Seit dem Jahr 1998 ist sie wieder für Besucher geöffnet.

Zum 50. Jahrestag der Tat trat in Texas ein Gesetz in Kraft, dass es Personen erlaubt auf dem Campus Schusswaffen mit sich zu führen. Eine für den durchschnittlichen Europäer nur schwer nachvollziehbare Entscheidung.

Ist man doch hier der Meinung, dass eine Verschärfung der amerikanischen Waffengesetze die Probleme dort lösen oder zumindest erheblich verringern könnte.

Dabei wird gern übersehen, dass der Bestand an Schusswaffen in Amerika auf etwa dreihundert Millionen Stück geschätzt wird und diese nicht einfach durch ein neues Gesetz verschwinden oder freiwillig abgegeben werden würden.

Es reicht auch schon ein Blick nach Europa, dass durchweg schärfere Waffengesetze hat und trotzdem unter Amokläufen leidet.

Erfurt (2002) und Winnenden (2009) sind nur einige Beispiele aus Deutschland; die Morde des Norwegers Anders Behring Breivik im Jahr 2011 ein besonders grausames, als es dem Rechtsterroristen gelang, durch einen Amoklauf und Bombenanschlag 77 Menschen zu töten. Die Liste ließe sich auch für Europa beliebig erweitern.

So bleibt im Wesentlichen eigentlich nur die traurige Erkenntnis: Das Kind ist bereits in den Brunnen gefallen!

Ähnliche Taten wie die von Charles Whitman werden sich auch in Zukunft niemals ganz vermeiden lassen.

Denn die größte Unbekannte ist der Mensch.

Oder, wie es der englische Physiker, Mathematiker und Astronom Isaac Newton einmal so treffend ausdrückte: „Ich kann die Bewegung der Himmelskörper berechnen, aber nicht das Verhalten der Menschen."

Dankeswort

Mein besonderer Dank gilt meinem Patenkind Katja, die mich mit Rat und Tat bei der Verwirklichung dieses Romans unterstützt hat!

Udo Franzmann, 1961 in Duisburg geboren, wuchs in Weeze am Niederrhein auf.
Nach dem Abitur studierte er Rechtswissenschaften an der Universität Bielefeld. Während des Referendariats arbeitete er in einer Anwaltskanzlei in Kanada und bereiste danach mehrmals die USA.

Bisher veröffentlichte er den Erzählband: *Anomalien des Lebens* sowie die Romane: *Der Wendehals, Pekingente, Der Fall Sheppard* und *Der Fall Cooper*, die besonders sein Interesse an Rechtsfragen, Politik und der Gesellschaft widerspiegeln.

Er lebt heute in Mönchengladbach.